皇明文衡卷之四十三

序

送陳司業詩序

宣德六年秋九月國子司業陳敬宗光世以考績北
上俾之復職凡與光世厚者皆作詩送之而以序屬予蓋光
世初爲翰林庶吉士以文行知名縉紳間永樂中修
高廟實錄愼擇賢者而任之光世與焉未幾凡庶吉士皆授
刑部主事光世復　徵入史館書成改翰林侍講及修
太宗
仁宗實錄光世復與其間會國子監缺司業而難其選遂以
光世往焉或謂光世誠賢於人然既侍講久矣其名實烝烝然
有聞於士下今去爲司業無乃左乎光世聞之蹴然曰司業

天下學者之所取法也誠宜德望優重者爲之顧乃
命敬宗將夙夜勉焉以圖稱尤恐弗及而何左之敢云既莅
職日進諸生講聖人之道而正已以率之諸生大化服而光
世之譽益大顯予嘗謂　國家建學於天下以造士皆使學
聖人之道也然其師之所見與弟子之所稟不能皆粹也故
其成就有不能盡然者及升之太學譬之集衆材於班郢之
門而大加繩削焉使小大長短皆中法度然後以之構廈無
不適其宜者苟規矩準繩有未至而欲羣材皆適於用而不
爽焉難矣祭酒司業之任蓋何如其重也光世既優於是矣
今歸而復加意焉　國家得賢之多致治之盛人將於太學
乎頌也予與光世處三十年矣誼不容辭故爲序如此

杏園雅集圖後序

古圓理學圖序

千預乙巳年臨光甫歲三十年矣固不容辭於是序其始
今歸而復治舊業 國家待賢之致於是入翰林大學
爰為雖少從酒同業入仕蓋何部其事也先世既儒於是矣
下適其宜於古知見有未至而欲窮於理智適取用而不
門而大加纏削焉使小大各得中法有以致以文補意無
其次欲有下筆者於書及外之大學遺入集於於焉以之
聖人之遺其裁其師之所見臨數十六之事亦能其能迎敗
世之學者大學十書圖 國家凍學於天下以造士者必學
職日進諸生凡聖人之道而已以其入論大化而先光
命我宗將及我能為以圖補六經者及臣僚有行董於正
天下學者之所取法也欲宜書是圖以鄉書者以廣

前閣於二十今去成同業其為六年先世圖以說於曰同業
於世注意於圖其補賓於入衆於學者識之其與會之然
仁宗書錄於世復學其聞會圖于是有叢言其蹟於以
太宗
刑部主事世德　徵入夫記書成及文學林祥兼及修
高廟書錦道擇賢吉而淮之先世與言未幾乃遂吉士者擢
世乃入翰林庶吉士以文行知名纂輯閣未幾中道
上惲之復職於嶺南者官學者入而以身學上謚
宣德六年秋九月 國子監祭酒兼 宗于其乎次吉
巷 陳同業詩序
京

正統二年丁巳春三月朔適休暇之晨館閣諸公過予因延
於所居之杏園永嘉謝君庭循旅寓伊邇亦適來會時春景
澄明惠風和暢花卉競秀芳香襲人觴酌序行琴詠間作羣
情蕭散衎然以樂謝君精繪事遂用著色寫同會諸公及當
時景物倚石屏而坐者三人其左少傅廬陵楊公其右爲榮
左之次少詹事泰和王公傍杏花而坐者三人其中大宗伯
南郡楊公左少詹事臨川王公右侍讀學士文江錢公徐行
後至者四人前左庶子吉水周公次侍讀學士安成李公又
次侍講學士泰和陳公最後至者謝君其官錦衣衛千戶而
十人者皆衣冠偉然華髮交映又有執事及傍侍童子九人
治飲饌傔從五人而景物趣韻曲臻于妙廬陵公喜題曰杏
園雅集既序其端復與諸公賦詠成什乃屬予識其後仰惟

國家列聖相承圖惟治化以貽永久吾輩忝與侍從涵濡深
恩蓋有年矣今
聖天子嗣位海內宴安民物康阜而近職朔望休沐聿循舊
章予數人者得遂其所適是皆
皇上之賜圖其事以紀太平之盛蓋亦宜也昔唐之香山九
老宋之洛社十二耆英俱以年德高邁致政閒居得優游詩
酒之樂後世圖之以爲美談彼固成於退休之餘此則出於
任職之暇其適同而其迹殊也然考其實爵位履歷非同出
一時聯事一司今予輩年望雖未敢擬昔人而膺寵分之寄
同官禁署意氣相孚追視昔人殆不讓矣後之人安知不又
有羨於今日者哉雖然感
上恩而圖報稱因宴樂而戒怠荒予雖老尚願從諸公之後

而加勉焉

省愆集序

黃淮

惟我
太宗文皇帝肇作之初誕興文治規致太平慎簡儒臣設內
閣以處之俾職論思典內外制參預機要而臣淮猥以末學
忝與列焉永樂已丑　車駕巡狩北京
今上皇帝居春宮監國臣淮偕二三輔臣承
朝命俾侍左右癸巳再巡狩亦如之受　命兢惕不遑夙夜
誓竭駑鈍圖惟報稱然而質素愚戇以故處事乖方有不副
上意旨者明年秋逮詣北京自分當被顯辟乃復蒙
恩矜恤但寘之獄俾自省過一何幸也在獄諭十年懲艾之
餘他無所事凡觸于目而感于心者一皆形於詩甲辰秋伏

遇
今上皇帝卽位覃恩肆赦臣淮獲全喘息復從諸大夫後退
食之暇紬繹腹藁得詩賦辭曲合若干篇彙次成帙名之曰
省愆集志不忘也嗚呼先儒論詩以為窮而後工近古以來
若李白杜甫柳子厚劉禹錫諸名公其述作皆盛於困頓鬱
抑之餘至今膾炙人口淮也才不逮古人處困日久而囹圄
禁且嚴目不覩編簡手不親筆札口不接賓客之談舊學日
益耗落氣愈昏而趣愈卑志愈窮而辭愈拙深可愧也然而
篇什所載或追想平昔見聞以鋪張
朝廷盛美或懷　恩戀　闕以致願報之私或顧望咨嗟以
興庭闈之念至於逢時遇景遣興怡神一皆出於至情蓋亦
不可廢也是用藏之巾笥以貽子孫俾　覽者知予處困之大

不可廢也是用裒次中間所作若干篇并聞者和于簡之大
興感闡文念至於遭時見詩遭遇合而中一著于其至道書亦
朝廷忠愛之義　因遊歸以致慚報之微文顧望者發以
諭什所據文直抒乎音見闡以補淺
益羨落虞僉事而數憲副志命游而贊僉都御史節可為也然而
盍且嚴自不務論箴于不親筆札口不擇富者文義高遠十日
仰之餘至今贈次入口准也十不違古入處固日以而固圓
抑若夫白性而抑于厚劉司馬臨諸名公其速作寶篋於固韻始
者誠棄去不忘也嗚呼先儒論詩以為發而後工近古以來
家人啜泣諸服豪存詩與辭出合若干篇豪大成帙名之曰
今上皇帝即位事因肆赦臣准獲全蒙恩復從諸大夫後遂
謁

餘他無所事凡觸于目而感于心者一皆形於詩甲辰秋作
恩赦命應恒寘文獄伊自省過一何幸也在獄論十年微之文
上意而者明年秋護譜北京白分當族滅罪乃復家
舊語驚說圖推報稱然而負荷甚重以成爲事亦有不副
朝命供事左右癸巳再巡於北京之夜命狀遇不違所疾
今上皇帝居春宮監國臣淮簡三輔臣承
天與列焉未幾己丑車駕巡狩北京
闕以處之俾職論思與內外制綜領要而臣淮獲以末學
太宗文皇帝起布之初肇興文治顧於太平有禎儒臣於內
進敘

省愆集序　　黃淮

而加過[illegible]

畧工拙云乎哉

徐蘇傳序　　胡儼

徐蘇傳者所以傳徐孺子蘇雲卿之事也徐蘇本傳列漢書載宋史者儒者見焉閭巷之間寡聞也今二傳編録博採群書校之本傳特爲詳備或者曰自漢以來懷德秉志高世獨行之士蓋多有之傳者獨録徐蘇何也曰出吾郡也曰若然雲卿廣漢士亦得稱吾郡出邪曰雲卿聞孺子之風而來在當時非無韜棲隱約之地顧乃區區於東湖雲水之間彼蓋以孺子之流風未泯也樂於比而居於此固有不得而外之者曰豫章先賢可以陶世範俗者豈獨徐蘇哉曰得時而駕行道以濟物者固已表見於當時垂休於後世矣若二子亦非果於忘世者適漢衰宋微不可有爲故退然自守以終其

身此其操行足以激勵貪鄙聞其風者頑夫廉而懦夫有立志矣况士君子生於其鄉論世尚友可不知其人也乎欲知其人不得其事可乎得其事隱而不彰尤不可也此傳之所以廣又增録其詩文既廣而增録矣又刋以傳焉若是者皆君子之用心也傳之者棲碧李氏也刋之者李貞士廉也録之者王遜之也序以冠其端郡人胡儼也

送諭德周公隨侍之南京序　　楊溥

聖天子嗣登
寶位明年改元洪熙　諭廷臣若曰惟
祖宗大德鴻業眷佑備至垂裕無窮
太祖高皇帝龍飛淮甸定鼎金陵
太宗文皇帝肇建兩京垂統萬世予嗣大歷服仰遵成憲夙

太宗文皇帝肇建兩京垂裕萬世于嗣大歷服仰遵成憲惟

太祖高皇帝龍飛淮甸定鼎金陵

太宗文皇帝遷都北京至萬世無疆之

寶位明年改元洪熙 諭廷臣若曰惟

靈天下畿甸

送翰林編修周公贊文南京序　錢溥

古者王畿之地必有學以治其禮諸人物之盛也列之者必于其士廉也國

士之用以導其禮文頗賓而擇焉不以又先不可傳也世事之所以

以為人又不得其善行而不知其可知其人已乎欲知其

其人者孔子曰吾不得其可其論世之人已乎歎夫言

身此其操行足以致用於時古其風音遺夫廉而偏夫言立

非東於古今世之書畫遺墨求微不可有爲故自于以致其

行近以漸物書圖已兼見於當時牽休於從世美若二十而齋

者曰漢章先賢可以陶性情音直屬論蓋政曰得得而分之

以爲十之行風木民也兼於音比而舍此固有不得而外之

以儒非樂權變之類此後上館乃區比東之開波之

雲卿實事士十得種善新出所曰雲卿闔而來在

行文益著之傳者衞詩亦論今昔今日也曰出圍曰于音

書故以本傳符詩又改吉日美以來古音大

觀宋史書儒言見圖而文開真圓此今二傳編

論修善所以傳論撰十兼雲卿之事也今繼本傳之漢書

論錄修撰

墨王益言子哉

陽
皇陵金陵
孝陵　皇業所基朕寤寐不敢忘謹遣
皇太子致祭兩文武羣臣暨宮僚簡俾以從廷臣奉　詔惟
謹於是左春坊左諭德兼翰林侍讀周公崇述實在是行翰
林羣公賦詩祖餞徵予序惟天啓
聖明開太平之運士君子千載一遇
儲君天下國家大本其官屬自古擇人惟其時斯道以行惟
其人斯克翊於善
皇上丕隆孝思肇行盛典資賢俊輔導元良屬望尤深儒者
平居以致君澤民爲心恒患乎弗遇而崇述遭際如此端躬
正諭以副

聖天子簡俾爲吾儒增重其在是行乎昔司馬子長足跡半
天下遂以文章名世若夫馳騁中原歷覽　兩京仰
二聖開創守成規模大略擴充啓沃其所成就固不徒文章
而已詩曰有馮有翼又曰以引以翼予於崇述有望焉

送劉汝弼序

正統元年春
聖天子維新政化愼簡賢良用資勵翼重惟方岳大臣以旬
宣爲職尤貴得人乃　詔廷臣三品以上各舉所知少傅兼
兵部尚書　華蓋殿大學士廬陵楊公以翰林侍講劉君汝
弼應　詔擢授廣東右布政使朝之大夫士咸謂汝弼克宜
是任少傅公之薦足以副　朝廷咸盛意於其行同門楊溥偕
諸鄉友仕於京師者餞之都門之外酌之酒而告之曰汝弼

詞翰文學之士亦皆有職名以效其用焉若古之所謂

是任小事公之意也以一閣其行同門諸公者

翰林[illegible]古[illegible]大夫士[illegible]諸[illegible]克宜

其所尚書[illegible]大學士[illegible]以翰林侍講

宜[illegible]大會[illegible]

迎天子維新政化[illegible]

正統元年春

送[illegible]序

前己丑[illegible]以翼[illegible]于[illegible]

二聖開[illegible]

天下[illegible]以文章名世若夫[illegible]中原[illegible]

聖天子[illegible]

正統以副

平居以致君澤民之心恒患乎弗遇而其忠誠之意際如此端居

皇上在位孝思維行[illegible]元良[illegible]

其人斯克稱於是

論者天下國家大本其官屬古聖人[illegible]道以行

聖明開太平之運士得于千載一遇

林羣公賦詩頌[illegible]于六[illegible]天啟

謹於是左春坊左諭德兼翰林侍讀周公崇[illegible]在是行諸

皇太子致祭[illegible]文武羣臣[illegible]官[illegible]以從[illegible]臣恭[illegible]惟

孝陵　皇業所基[illegible]不敢[illegible]請[illegible]遣

皇陵金陵

[illegible]陽

以名進士入翰林爲史官爲講臣歷事
四朝其才猷抱負每見於論議文字間而今乃得措諸行事
翰林以論思備顧問爲職業未嘗試以有司之務或者遂謂
吾儒徒持文墨未閑政事今　朝廷重念蒼生自翰林出典
方岳自汝弼始夫方岳有連帥有司憲相頡頏有守令百執
事爲之屬以從事所見或不能同事或失於緩急先後必有
以包涵之使之從容歸於善然後爲得體汝弼之量足以勝
之也仁人君子爲國牧民一夫失所則吾之辜顧惟一方之
廣智慮或不周耳目有不逮求免於責不亦難乎而其要在
擇守令汝弼之明足以別之也予於汝弼之行使天下之人
知吾儒施設有出尋常萬萬者矣汝弼曰某不敏敢不黽勉
以副　朝廷委任以求稱知己爲斯文之光於是酌以爲別

靜學齋序

梁潛

予在禁林七年得交游之士二人焉烏江蔣君用文姑蘇趙
君友同也二人者忠信慈厚而皆致於醫皆爲
上御醫方纂修永樂大典編古方經二人者又總裁其事遂
得朝夕往還久之蔣君去侍　青宮予亦兼官春坊進與蔣
君接迹而竝趨退而與趙君有校讐講繹之雅相得益密然
不知二人造詣修飭於道者何道而能然也意其質性自然
一日過蔣君見其名齋曰靜學然後知其所以進德者在此
也於乎靜者德之基也先儒以謂養得至靜之極則自然包
括宇宙終始古今濂谿周子上承孔孟之緒其示學者亦惟
在於主靜夫中所謂靜者非靜而不動之謂也無欲則靜靜
之中而動理具焉故雖古今之遠宇宙之大千變萬化之無

文中而動理見焉故雖古今之遠宇宙之大千變萬化之無
在於今主静夫中所謂静者非静而不動之謂也無欲則静
指宇宙始終古今濂溪周子上承孔孟之文緒其亦學者之準
也於乎静者德之基也先儒以謂養得静之極則自然道
一曰過程其書曰静學然後知其所以進德者在此
不知二人造詣修為之直道者何道在林也其道言自然之
吾輩追而效之遺而與趣發者何救學講論之學相得諸
得朝夕往還文之詩書士存書官十亦兼官書次道諸舉
上御製重奉修永樂大典編古今經三人文士主其事
吾交同也三人者忠信類聚而者相之選為
士在禁林十年得文者之士三人焉記其書周文武以載

翰林學策序　梁潛

以副　朝廷委任以求輔翊已爲文之光於廷以爲則
以古爲儒施設有出學者之實意夫爲曰罪不數不圖流
知守今汝謂之明以副十也十之汝謂之行天下之人
擇守今設不同耳目未有不貴不予以韓子而其要在
實會廣哉不啻耳目未有不貴不予以韓子而其要在
文之仁人吾于國家民一夫天所爲則吾之事職是以勝
以道而使以從容翰墨之書以博體法錯量足以勝
事爲之屬以從事所見政不能同事夫夫與之今考有
于語自術祐夫古吾有遭有同鑄相頑者于今言執
吾儒從詩文學未閑汝寧今　朝廷大合事主自翰林出典
翰林以論思獻問爲職業未有以有同文救政治典誥
四朝以其才識抱負時著見於論議文字間而今乃得指諸事
以爲進士入翰林者又何與焉豈其固有

窮說之於吾心者不見其有餘也由是以御天下之至動而不見其櫌理天下之至繁而不見其棼所謂淵默而雷奮者動之中靜之理所以行也靜體而動用靜存而動行此誠意正心之事而蔣君達此其過人也宜哉諸葛武侯謂才須學而學須靜者周子之言非有取諸彼然吾觀蔣君之賢益有徵乎其言也蔣君與人處洞豁不為深隱人人愛悅之獨趙君澹然恬漠雖於譽亦不屑然二人者中情甚相似皆善文辭皆有得於靜者因讀諸公所為靜學齋詩喜而為之序既以貺蔣君之書以質之趙君也

中秋宴集詩序

士君子當四方無事

朝廷清明交游盛而志氣同進無諱忌之嫌退有講學之益

如此亦足以樂矣固不在乎嘉時勝集樽酌淋漓而後樂其樂也然而樂之於心者無因見也必有暢其志氣發其歡欣形之詠歌使當時讀之者皆為之擊節羨慕傳之來世思見其盛而有後時不及之嘆則雖盃酒殷勤卒然相遭固亦一時之盛也於是永樂七年中秋之夕翰林學士胡公合同院之士會于　北京城南公宇之後于時涼露既降清颸悠然明月方升而酒行樂甚公乃命分韻賦詩凡若干首諷其和平要妙之音有以知夫遭逢至治之樂諗其勁正高邁之氣有以明夫培植養育之功是皆平時蓄之於中隨所感而發之於此也豈非盛哉其或因事寓思有物外無窮之情興起感發為萬世不盡之慮者亦足以見君子之心也因為之序以明夫君子會合之美誠

朝廷亨嘉之際而凡是作非泛然辭語之細也

遊長春宮遺址詩序

長春宮在　北京城西南十里金故城中白雲觀之西也元方士丘眞人皆與其徒嘗居於此當是時琳宮祕宇儼於王者今其宮既毀獨其遺址之存據平陸巍然以高登而覽之猶足以盡夫都邑之勝蓋其東則都城臺闕府庫之壯榮光佳氣輝然燭乎天表其南則曠然原陸而薊門高丘之間荒臺遺沼之可見者皆昔者遼與金所嘗經營其間者也其西則西山之崖雄峻拔出而蒼翠紺碧之色隱然烟霞之中其北則連山崔巍雄關壯峙凡仕於朝與居于城中者蓋嘗知唯閒暇登覽於此而後得之也是時
皇上親御六師於陰山大漠之北故凡居守侍從之臣皆優游無事遂相與遊焉既周覽而樂之因又以知夫國郡之壯且險誠天府之固也蓋都城西北諸山皆起自太行綿亘屬于居庸出榆關碣石至遼以東而後止豈天之所以限夷狄而安中夏者固在此邪然自五代至宋三四百年之間皆夷狄竊據其中故其禍害終宋世有不能免者及元之興又百年然後
聖明受命攘除而剷削之其民既安養生息熙然以樂天太平之治而
上方振耀神武於窮荒萬里之外於乎其為生民社稷久遠之慮者蓋深矣詩曰之綱之紀燕及朋友又曰不懈于位民之攸塈此言人君能振作綱紀勤勞於其上而臣民賴之以安也由是觀之今吾二三人得以恬然嬉遊於此者其誰之

宋由中畏服之今吾二三人無以而乘流論說於天下者其志而以
之文成楚非言人有其兼而附於其上而明反鑑人以
於惠者盡深矣詩曰其人[illegible]又曰不一寧十年而
上方懷韓東左於浙[illegible]人外於中其為生民[illegible]又遠
乎文治而
聖明受命[illegible]之其民所[illegible]以乘天大
乎深後
休藏其中故其國書教未由有不[illegible]者文[illegible]人與又吉
而安中貞吉國存[illegible]自生大[illegible]三四百年[illegible]
于[illegible]以東[illegible]夫大[illegible]
且[illegible]天行大國[illegible]山[illegible]自大[illegible]
降與事[illegible]以[illegible]大國[illegible]

皇上[illegible]六[illegible]國山大漢[illegible]改[illegible]
[illegible]此[illegible]
北[illegible]山[illegible]中[illegible]
則西山之[illegible]其
[illegible]
[illegible]
[illegible]
者今[illegible]入[illegible]其[illegible]主
方士[illegible]入[illegible]十里[illegible]中[illegible]西[illegible]
[illegible]
[illegible]
[illegible]

力邪誠使在夫五代與宋之際雖欲側足其間以竊窺夫山川城郭之壯其又可得邪夫士君子歡娛盛美之事多在於太平之日而能託之歌詠則有以傳之永久況元之諸賢若虞公邵菴袁公伯長皆嘗臨眺而賦詠焉因以其所分韻蓬萊山在何處爲韻各賦六首同時而賦者翰林侍講鄧君仲澱曾君子棨修撰王君時彥王君行儉刑部主事周君恂如其一人則予也六人之作見於辭者各不同而其志氣則皆可謂盛矣既相與錄而藏之因爲之序後之人得而讀之尚能想見夫今日之盛也哉

送景山張先生赴京序

王紳

予讀歐陽文忠公榮鄉亭記知昔蜀之郡縣胥吏不喜儒士每見輙爲其毀辱構陷以故人不樂業儒亦不急於仕祿甚

有志者不過習訓詁歌詩以自養而已未嘗不歎其習俗之鄙陋而士氣之委靡也士生其時處其鄉能拔擢奮勵以自見者其亦得十一於千百哉今去其時未久餘風遺習豈無存者顧在作興之方與自立之志何如耳臨邛景山張先生蜀產也自其少時慷慨有立志習詩書六藝之文卽圖爲世用後罹元季兵興浮沉里閈以保全性命者五十年

國朝文運開始日以求賢爲務遂應有司之辟入成都爲司訓居職九載所教弟子多所成就邑人稱之迄今考滿將赴

天官覈績而景山甫之顛髮亦已種種矣或謂景山甫習蜀土之俗近納祿之年且負痼疾必將乞骸骨而歸故鄉曝茅簷凉竹簟以樂夫巘巖之境設使之任職臺閣寄牧州郡必非其志矣予謂不然昔馬周以晚年而見遇汲黯以多病而

非其志矣于詩亦然昔周以降年而見遇汲黯以多病而
會京師賞以樂大會賦之竟設使之任職以當時按以
士之俗出納以訴文章且寶南宋以將三殿而故州以
天官設賓而書山南文顧景亦已楷其收諸京山南書畫
言居職九載所教弟子多所成就已入稱文選今美為特起
國朝文運開治日以大肆皆為務繼應者同文辭入成績為曰
世用後維元李其興守以京里閒以保金世命者五十年
主鄉達也自其以時濂溪有士志古書詩書六藝之文圖為
行者顧在作興文有與自立之志何如耳臨川景山南張先
見者其亦得十一於十百設今去其時未久餘風遺音豈無
鄉國而士氣之衰也士生其時處其鄉能拔擢於流俗以自
有志者不過習詞語詩以自資而已未嘗不數其習俗之

專見聞其所學者以故入不業業儒亦不急於仕祿其
干讀歐陽文忠公樂御亭記知昔為士者學有文事不喜儒士

送景山張先生赴京序　王褘

能想見夫今日之盛也哉
可謂盛矣既相與錄而藏之因為文序後之人得而讀之尚
其一人則十也六人之作見於篇者各不同而其志氣則皆
選曾君子彝修撰王君時行僉司部主事周君伯溫
萊山在何處諸賦之首同時而賦者翰林待制譚君仲
虞公邵菴袁公伯長皆嘗賦而賦詠焉因以其所分韻進
太平之日而能言之歌詠則有以傳之永久況元之盛時於
川城郭之壯其文可得而夫士君子獻頌於美之事多在大山
方都城之內夫王化遊宴末之際館閣則其間以獻賦大山

臥治況當　盛明之時爲士者孰不欲竭心展力以希尺寸之功而圖芳於竹帛尚何有習俗之移人乎吾知景山甫且將推其所有以自効庶幾不負平昔之志異日年益高而業益成致政以歸指其丘其水之舊遊盤桓桑梓以保夫天年使人稱其生爲鄉文人沒爲鄉先生則豈非景山甫之志願哉予與景山甫遊且相知故本其心爲言以贈之而并廣或人之所見

送鄭叔貞序

洪武丁巳先師太史宋公致政家居于蘿山紳始弱冠以契家子獲執汛掃役于公門公不鄙汲引而誨之每賓客散後列弟子坐松濤室下歷數古今作者必曰吾於交友所見惟頤父一人而門人輩獨希直而已希直即今侍講正學方先生也紳時騃稚未知所云而識者知公之言爲至論後二年公卒于蜀先生東歸天台旋出教授漢中

今天子即位首召入翰林而名益著聞天下是時登先生之門者雖甚衆有若鄭君叔貞者先生里中子也資稟清粹力學好古爲文辭如春空層雲變態百出如秋江長濤渺漫無窮非其才氣之贍固不至此然叔貞雖不事表襮而其聲譽已藹乎縉紳間今年叔貞侍先生入　京居數月念定省之職久曠惄然興懷促裝將還故里紳方以　召命至相與周旋者信宿將别因爲言曰夫天下之物成之難者器必大器之大者用必博萬斛之舟非尋丈之材一日之功所能爲惟夫材良功就而成器也則必以之駕於長江巨海之上驚飈複浪之中而利濟之功大矣君子之爲學豈異是哉是故極

天下之書無不讀盡天下之理無不明蘊諸躬者極其備養諸内者極其充於是以之齊家則家齊以之治國而國治以之平天下而天下平其設施布置豈庸人俗子所能窺測哉昔范文正公修學於泰山已有當世之志及出而用皆能行其志者以其得之有素也今叔貞之志可謂美矣其學可謂成矣况今
聖天子側席求賢以鋪張盛大之治所以行其學者豈有遺於叔貞哉兹行也吾願叔貞益擴其所已能力其所未至使先生以太史公之稱先生者稱叔貞則叔貞經濟之施蓋未晚也紳也雖愚安敢不以文正爲勉

送皇甫訓導序　　鄒緝

永樂十二年春太原府之徐溝縣學訓導皇甫秉德以北京行部尚書朱公聘之爲考官其秋至部將入而受事而車駕適自北伐還行部以在京例考試官須上請於是予與曾君子啓實被　命朱公因以員額爲限凡所聘取六人例減以就額考試官二人改爲同考官而秉德與上蔡學教諭程其改爲内外受卷官八月戊申入院丙寅撤棘秉德將辭歸乃謂予曰吾始以聘命來今不得受事而歸將何以解徐溝邑人之惑乎願得一言以歸庶幾可以藉予之口也予聞而心慚無以復於秉德也則告之曰先生之學誠優矣其德誠厚矣然而時有不偶也故雖受聘幣而來而卒不克受事而歸於其心誠若有不能釋者然古之人亦嘗有若此者矣不獨先生爲然也在漢之時公孫弘爲其鄉推舉對策不合竟免歸公孫既不以爲病而鄉之人亦不以是少公孫其後

再推而對策遂第一元之時吳文正公伯清以大臣薦爲國子監丞及至京師而其處已有先之者文正公亦竟自罷歸而未嘗以之介於心夫事苟無愧於己則夫榮辱得失之際亦何足加損於我哉且通塞有時進退有義君子所守之道蓋如此此獨行部失制變從宜之道耶士君子不能不爲先生惜而先生所以自處宜順適乎時而不以是介于心可也於是秉德欣然而釋曰先生之言然請書之吾將持以解夫邑之人

送何給事中序

陳繼

仁宗昭皇帝之爲治也欽順天心敦章文德禮任師保恩信洽於天下天下之民樂生而趨善者翕然興起帝念所以致若是者寔由繼承　先德而本乎二帝三王之道也乃設弘文閣於禁密之地　命太常卿兼翰林學士楊公弘濟侍讀王公汝嘉居之備供顧問又擢給事中何澄本清編修楊敬行簡俾接二公之武又起繼於草野之中入與共事繼獨愚陋無以少副聖望然蹇蹇之心誠不敢不以二帝三王之道而進說也皇上嗣位治隆　儒章務先史事其在弘文閣者皆領事翰林而楊公預執　朝政宣德元年本清援例歸新城謁祭先隴而展其誠孝飲餞以詩送之者皆翰林名卿於乎本清亦可謂榮矣以本清生故家習禮佩義克崇清白之行仕年已久聲績張著老至而爲近臣日與魁豪雄傑振奇炫異敷彩於文辭以防　朝廷禮樂文物之盛輝耀百世者又可謂不負其所學矣因其歸故序而送之

貝其所學矣因其靜敬序所進文

於文辭以防　朝廷禮樂文章大盛超邁百世矣文可謂本

必錄論者至而為近臣固宜其選東閣儒衆有有籍然

諸葛弟以本論注敘貫頌雷風淒克完請自之行往年已

龍而具真減奉教以詩成之首前林名御竹平本論所

林而錄公顏載　朝政適德元年本清復例歸所謂學其

至上嗣位治隆　輔亭舞先文章在弘文閣者所謂事能

聖王運無疑蠻立心誠不敢不以二帝三王之道而進說也

兵事舊圖晏之臣無以少言

清論綜徒勸以行輔理據二公之道又且撰於章節之中入翰

公弘齊詩讀王公文章嘉五十倫保證開又覺拾學中何許林

直也乃設弘文閣於數篇之也　令大宮特兼翰林學士諸

書舍所公與告更書度前撰以　先讓而本乎二帝三王之

日信治於天下天下大服樂至而趣書者於然興起

列宗臨思著述為治也歟順天之數章文德揚庭師孫

先而編輯中序　陳鎬

高人

竹藏美政源流而論曰先生之言論書以吉持以斷大

學齒而先生所以自處宜通于降而不以見今于心可也

蓋即此比精行節朱而錄役宜之道理王蓋今不能不盡者

求同夏知構於敢致自調家籍解進成有著事于所守大流

而來書以大今於之夫事者無羅於已則夫樂韓得夫人際

曰言錄及至宗許而其高已行於大者文正公亮自體雜

春指而鎗興添東一元八時未文正公汪清以大明濃興圖

晦菴詩抄序

吳訥

五言古詩實繼國風雅頌之後若蘇李之天成曹劉之自得以至陶靖節之高風逸韻蓋卓卓乎不可尚焉三謝以降正音日靡唐與沈宋變爲近體至陳伯玉始力復古作迨李杜後出詩道大興而作者日盛矣然於其間求夫音節雅暢辭意渾融足以繼絕響而闖淵明之閫域者唯韋應物柳子厚爲然爾自時厥後日以律法相高議論相尚而詩道日晦焉宋室南遷晦菴朱子以天挺豪傑之才上繼聖賢之學文辭雖其餘事閒嘗讀大全集觀其五言古體沖遠古澹實宗風雅而出入漢魏陶韋之間至其齋居感興之作則又於韻語之中盡發天人之蘊以開示學者是豈漢晉詩人之所可及哉然集中編載衆體混出且卷帙浩瀚獲見者鮮暇日因手

抄五言古體始於擬古終于感興諸詩得二百首寘于家塾以教子弟蓋欲使知詩章之學亦先儒之所不廢沉潛之久庶因有以得其歸宿云

女教續編序

王直

女德之隆汙家之興廢繫焉教之不可不豫也晦菴先生小學之書取古昔聖賢嘉言善行以爲立教之本其訓女子亦備矣有元之時相臺許獻臣又蒐獵經史取其可以示法者作女教之書凡爲女爲婦爲妻爲母之道悉具吳文正公謂可與小學之書並傳其用心亦至矣然予聞之易曰君子多識前言往行以畜其德夫謂之君子則必有師友之資問學之益而尤貴多識則孤陋寡聞不足以成德可知矣况乎閨門之與內言不出外言不入而欲廣其見聞增益其智識使

德立行修非資於書不能也公務之暇稍覽載籍錄前二書之所未錄者得若干條會稡成篇容或詒予曰女子以柔順爲德而以剛暴爲戒彼庸奴其夫拂逆其舅姑鬬狠於其室閭此之謂悖人理速天誅而不可與居者也今予取坤文言以剛方訓之無乃過乎予曰坤乾之對萬物之母也女子之德不取法於坤而奚取柔順者體之正剛方者用之發安常處變之道在是矣剛則其守固而不可屈撓方則其志定而不可移易然後柔順之體全夫強戾不生於心乖忤不及於物羞畏隱忍未嘗厲色疾言可謂柔順矣然或巽懦委靡人得而制之依阿苟且之間蓋有失其身敗其家者則剛方之德非女子之所當務者乎彼之所爲剛惡也予之所用爲訓者剛善也向善背惡智者固能擇焉且人受天地之氣以生剛柔健順皆具矣以是爲訓亦因其所固有者而導之耳予言奚過哉客不能難遂書以弁其首

贈李先生十題卷序

正統十二年國子祭酒李先生　以老病乞致事

上惜其去不許者數矣最後言益切乃許之公卿以下至于縫掖士皆歎曰先生文行爲學者師法久矣今致事去使倀然無所依於先生則爲榮於諸士子則爲可惜閭巷火伍之中則曰是能深知我而有志於恤我者也今則去矣大學諸生服先生之教而蒙其德五六年敬愛如父母自初有疾皆奔走治醫藥及少間則動色相慶至是無可柰何猶相與言於

上曰祭酒李某感

上曰谷酒李集序

齊去古圖蒙及之周則動由於厥[illegible]是無可奈何酒體遊言

皇朝文衡卷之四十三　十四　一

[illegible]

皇上嘉惠學者之意小大之才多所造就蓋前此未有今以老病乞致仕臣等尚願少留之不可退則取其事為十題命良工繪圖求諸名賢各識一言以為贈

上亦眷愛之不衰　詔兵部為具舟　陛辭之日賜鈔一千貫命光祿具酒饌餞之及行達官顯人多先出崇文門外以序別大學師生用彩幣製旗帳各為文辭頌先生之德教諸坊樂工槌大鼓雜以金石絲竹之音喧然前導送者凡二千餘人遠近觀者塞路一時行旅至不得往來商賈為之廢業莫不嘖嘖稱美以為榮至有為泣下者漢之疏廣唐之楊巨源不能過於今七八十年之間亦未見其比先生獲乎上下如此其美之鉅細可知矣雖然此豈特為先生榮哉他日良史書之後千百年有讀之者足以見今日尚賢之美是所以

為邦家之光也於乎盛哉予與先生仕同年荷

四聖之德大矣忝竊非分方資輔益以逭負乘之譏而遽舍之去予何恃以立哉欲不戚然以悲可得邪詩曰毋金玉爾音而有遐心予終有望於先生也諸生以十題屬予言故為序而道之

序

送陳知縣之任常山序　王英

古之君子能謹於行一念之民惟在於脩身勵志力學敦本而於事之違於義者毫髮不爲其行如此豈特人所敬愛而天必厚之俾其榮盛而豐顯也今之人與古人則異焉姑以余所見者言之與余同時同游同筆硯者其人負奇氣俊爽而超越者固多矣然其間恃才而矜鄙吝而諂澆薄而狡者一時競相效習以善訟爲得計趨公門取利爲能事而於閭學則漠然畧不加意彼皆沉抑無聞觀其行而獲報如此所謂天道福善禍淫豈不信哉陳祖紹烈余同里也其父祖皆敦實務德紹烈克庠校弟子質厚而性敏心坦而氣和探索

經史孜孜不懈所謂矜諂縱怠好訟趨利則未嘗有之永樂中貢太學益持謙勤六館之士咸推讓之至是以歷政大司寇著聲於時擢淛江常山知縣銅章墨綬煒然光華人皆羨之嗟夫紹烈之所以至此者非天厚其報歟人之立身能致其謹而不自流蕩爲物所溺而虧其守者必能企仰古之君子循其道不以窮達顯晦而易其操則庶幾其可矣紹烈既以其行之篤受職爲大縣其往也必持己守正善其政以惠其民終始不渝則行益謹而名位必顯其獲報也必大一邑云乎哉予老矣叨祿已三十餘年無補於時惟謹守其分竊思往者有所慨嘆而嘉紹烈之爲人故爲道之以贈行且以示鄉人焉

送周學士赴南京詩

送周學士使南京詩序

[illegible]

皇明文衡卷之四十四　一

[illegible]

王英

聖天子在御之二年春開經筵簡儒臣學行之優者進講經史自少傅楊公士奇而下凡十有五人而翰林侍讀周君功敘其一也功敘所陳說皆嘉言正論多所啓沃其賢簡在聖衷久矣比言事者謂南京六部法司正佐官多未備上是其言以監察御史齊韶爲刑部侍郎大理丞廖莊爲少卿又以功敘爲侍講學士俱馳傳往南京三人皆上所簡擢也惟學士清華之秩非他官可比職在典詞命論思獻替朝夕侍上左右於功敘固宜矣然南京翰林久未置學士以屬官權署位卑望輕人皆易視之上所以特命功敘輟經帷之講授學士之職以爲詞林之重也其任豈不專於他官乎功敘行端而學邃文章之作典則宏奧足以鳴國家之盛南京縉紳大夫莫不以爲具瞻而知學士之重如是哉永樂初予以選入翰林與今吏部尚書王公行儉同官至學士同拜侍郎同功敘侍經幄而予以迂疏不能與時俯仰爲人所嫉忌出理部政禮文事煩勞勤朝夕安得如功敘受恩命之榮爲詞垣之長乎既深有所歎羨而又竊思之功敘之尊先大夫岐鳳先生明經博古自邑校官累陞博士紀善終職方員外先生教士有師範諫王有箴戒爲職方多有所建明聲望卓然功敘之學得於家訓而官至學士焉蓋善繼先生之志也予辱交於先生與功敘游非一日其行也不可無言而行人司正尹昌侍詔鄒循徵能言者賦詩爲贈屬予爲序知功敘莫予若也遂書以爲諸作之引

東里續集序

李時勉

少師兵部尚書兼華蓋殿大學士東里楊先生未仕時遊

東里讀書序

湖湘與　楚府教授吳由翁爲莫逆交由翁鄉前輩嘗爲予言先生博學而有智端敏而寬厚識達事體不矜已傲物爲文章獨追古作者後來當必鳴世而其才德可大任予聞而識之其後往往得先生文讀之愈深企慕欲一相見不可得及忝進士被選入翰林而先生已居禁近參掌機務尋常少得見獨一見歡如平生其所以教愛之意甚厚出入翰林三十餘年見先生言語動靜與其所行事公平廣大寬和而有則其心專在於　國家未嘗有一毫私已圖至於臨大政決大疑衆皆爭論紛紜先生獨無言久之徐爲一言衆莫不慑服至有與論不一須　上聞者既以聞卒從先生言其在　上前遇事盡言不計利害每辨論人賢否及解釋人過失一出於公不以恩讎爲重輕取舍至於獻可替否有旋乾轉坤

之力然未嘗與人言韓子云入以告其君出不使人知者大臣宰相之事於先生見之先生以其餘力發爲文辭渾涵溫潤謹嚴而淨密如精金粹玉自足以見重於世夫文章之見重於世以其人也苟非其人雖美而傳反以爲病矣楊雄柳子厚王安石文非不美也人或因是而訾之由其所行悖焉耳董仲舒諸葛孔明陸贄范希文之流讀其書思其人恨不生其時聽其論議以求其益則其文章之存與日月爭光可也誰得而議焉先生之志行固無異乎四君者而仕宦四十餘年歷事　四朝其功在國家德在生民所謂先天下之憂而憂後天下之樂而樂者庶乎其無所愧焉其文章之足以垂世而傳遠者豈偶然之故哉先生病在床以其續文藁授予曰其爲我序之以付孺子藏於家予文未成而先生没嗚

皇明文衡卷之四十四　二

呼先生其可死也耶　國家柱石後進儀刑一日不見其感念之情慟悼之意豈獨予一人哉思其游處思其笑語聲音容貌宛然在目其何能以序其文也耶然先生治命不可違遂抆淚而序之如此先生字士奇東里其别號也

贈陜西按察使王君千之赴官序　　錢習禮

朝廷簡賢以任官臣皆欲宣昭化理惠安黎元以成天下之治然内外百司各專職守不敢出位遂其志而達其所欲爲惟在内各道監察御史在外諸按察司任天子耳目之寄事無鉅細知之得以言之言之得以行之而無出位之嫌故士君子效用於世者多樂居其位而行其志焉東廡王君千之以四川道監察御史用大臣薦特授陜西按察使　命下之明日屬丁家艱懇求去官以居喪不　賜

允許俾歸襄大事以至京出　璽書而諭遣之一時僚友相與要言以爲贈蓋君自少有美材刻志務學挾其文明試於主司聲動場屋占名居群士之右及對制策褎然高第同升之士多以爲莫能及超拜御史沈毅清苦雖貴勢不敢撓之以私理民之訟簡覈閱實悉其聰明致其忠愛未嘗倚法以求情增詞以成罪郵罰皆麗于事號稱明允是君決科爲名進士居官爲材御史固宜出入　禁闥侍近　廷陛謇謇諤諤揚憲軌儆官邪爲邦國司直之臣夫何一旦輟文右之班膺臬司之寄而出補外任哉蓋陜西壤地闊大政務浩煩而牒訴塡委非奇材偉器聞望夙著者不足以表正諸司而震肅一方君其往哉是任予知風采揚厲威聲赫然郡縣邊鄙之吏民蕃夷聚落之少長莫不懾然以歆羨帖然而懾服相

與稱臺憲激揚以舉其職　國家任使之得其人斯無負
皇上委寄之德意而公卿大臣實以是而屬望於君矣因贈
以序而致其勉焉

贈太學生石大用詩序　　陳敬宗

太學生石大用蘄州豐順縣人自邑庠登太學有年處六舘諸生間恂恂謹飭惟强力植志務學不少自衒故自祭酒司業以下皆不甚知其爲人正統甲子夏祭酒李先生坐困首木於太學三日不解炎暑蒸鬱先生耄昏不能勝大用蹙然號於衆曰師猶父也父師罹難而弟子奚忍坐視大用察衆志不與己合乃退去閉戸疏奏懇請自代先生亟遣人止之弗聽同輩亦沮之大用奮然作色言朋友急難詩歌鶺鴒況師乎亦弗聽竟挾所奏走謁銀臺銀臺難之且懼之以法大

用曰生以義死亦以義何懼之有銀臺知其不可抑遏遂以其請聞于　上蒙並釋之於是在廷文武搢紳莫不嘆息曰此前代之所僅有而近世之所絶無者也爭欲求識其面予聞唐德宗貞元十四年國子司業陽城坐送薛約貶道州刺史太學生何蕃季償王魯卿李讜等二百人頓首闕下請留城守闕數日爲吏遮抑不得上蕃等皆涕泣餞送立石紀德集賢正字柳宗元致書蕃等賀之以爲昔李膺嵇康時太學諸生叩闕執訴僕謂訖千百年不可復見乃在今日今大用卓卓如此予亦謂自蕃後訖千年不可復見乃在今日也以蕃等伏闕數日卒不得通與大用誠意悃愊能感動
天聽排釋難困於時刻之頃則其賢似有過古之人也夫師固不與於五倫而五倫弗得弗明故　於三事之道均焉凡天

下之爲師爲弟子莫不知有是道也而謂訖千百年不可復見者蓋以師之爲教無實德弟子之爲學無實心上下名分依稀典故而已而於三事之道視之爲虛器焉固無怪其不可復見也先生秉仁迪義凡所以施教於太學無非實德大學生恒三千人而陶鑄醇懿涵煦粹美者甚衆大用至是發其所積奮勇不顧利害惟義是蹈此固出於大用之素稟然亦先生訓迪漸漬之極致然也先生之於陽公大用之於蕃等皆可無愧而凡天下之爲師弟子者豈不亦有聞風而興起者哉是歲大用以書經顯擢京闈鄉試高等說者咸以爲積善理或然矣是用播諸歌詠以爲後世名教勸詩曰 有偉石生義激于衷陳厥悃愊徹聽 宸聰 帝曰釋玆復厥章服用顯名教維新化育簪纓貂璫爰及儒紳合詞賛頌卓

哉斯人棫樸菁莪多士攸同翹楚錯薪穎脫奏功惟初倡議衆且望望爰播頌聲能弗泚顙三事道均云胡弗尊茲焉弗篤慚負聖門師道岌圮延平植之陶煦醇懿明效在茲左右高徒前後國士衆人之中大用崛起山有鉅材群木蔽之貢珎明堂公輸忸怩天佑善類靡德弗報顯擢高科斯文有耀昌黎紀傳集賢致書我作詩歌永揚令譽

送許太守還任河間序　曾鶴齡

士於宦途早歷艱關險阻而後底于平夷者其智慮益明其事體益熟其於建勳立業易得致也臨邑許君彥剛來樂閒擢禮科給事中已而調兵工二科尋後又陞戶科左給事中宣德五年被舉出爲太平太守積二歲丁艱還服闋復授守河間今年春則自河間而來考績書㝡得 命還任工部主

事趙　與君同鄉合所知求文贈行惟贈者增益之義也計君仕宦所歷靡所不習練尚奚贈爲雖然予嘗知君不能爲君嘿也方　太宗臨御時朝廷紀綱法度樞機範圍悉目六科出納甚嚴且密毫髮不敢有違違則譴咎立至矣君歷諸科積十有餘年恪勤自守未嘗以措其身於有過之地及往大平官則高矣美矣而其地在蠻鄉瘴土山水險惡氣候不時南士習居猶可北方往者十往九不得還其夷風又殊未易化服君獨更兩寒暑休休然得其民夷心而後來還於戲此非天俾君老練其才而用之於今日耶河間在畿內去京師不遠風土既善民俗亦號易理苟有能者施以其政鮮不翕然稱治而况君乎况君爲之已有勞效乎或者曰豐年則易治歉歲則難爲所在皆然也許君今還河間雖善理如嚮

者水何噫是豈知言者哉昔堯有九年之水其臣勤而撫之奏庶艱食者禹暨稷也天下卒大治以今君之河間雖昔人可庶幾焉何勳業之不可身致哉君去予見君能拯民之溺而置之衽席之上矣

送四川按察使陳公之所治序　林誌

十年春予會試禮部時東莞陳公以知滁陽軍兼揚州府太守入爲同考官予忝厠名多士之列因獲拜焉而識公知楊興滁治行第一有詔增秩賜金及振鐸桂林陞教國子生文章德行之大槩體用蓋彬彬然比承之詞垣載筆兩京往來道路間公在滁察登耗以均傜役則易姦蠹以扶善淑明學校緩刑罰大者數事而滁人借留愛敬若父毋未嘗不歎曰眞儒治效固當爾耶歲在癸卯猥承　上命司文衡京闈則公

儒治效同當塗則廉行於外政事兼　上命同文衡京闈則公

誠刑罰大著政事而得人宣詔美若文毋未嘗不歎曰直

道路聞公在朝寮並稱公以功德役則發粟以扶善教明學校

章德行之大體用蓋於此矣比年之詞垣載筆兩京往來

興學治行第一有司詔增秩賜金及錄其林學敘圖書主文

守人爲同考官于禾闈名士六則因獲辟爲作識公知禮

十年春于會試遣部時東策公以知薦舉兼爲府大

送四川按察使陳公之任序　　林誌

而置之庠序之上矣

可與幾焉向御東業之不可身致於者君子見君能極民之語

奏與難食者高盟撫也天下卒大治以今吉之河間雖昔人

者未可鶩見宜知言者哉吉昌貞九年之未其臣勸而難之

易治難教則難爲所在皆然況許昌今遼河間雖善理如閩

會殊難治而又君乎況君爲之已有效乎政者曰豐年則

師不遠原士民善俗亦宜見理者有能者施以其政辭不

此非天平者其陳示而用之於今日聯河間在畿內去京

易化非言語更而寘之者休休導其民表心而後求遠於畿未

時南士習者偏可北方往者十往九不得復其風又殊未

大平官則高矣美矣而其地在燕趙會士山水險惡異俗不

利精十有餘年洛動自守未嘗以指其身於事過之地皆往

科出於其選且有邑不敢行達事則識者以淫無者

者軍也方　大宗臨邑時珂其可以盡爲圖而曰乎

吾仕宦所至　不得己陳而未聞高雖於千里

事也　與吾同鄉合所知求文者行贈者道人計

舊感來徵文予尚識公之陳而喜其大用也故爲叙之

送職方郎中王君赴任序　　金寔

守令之譽出於私愛狎昵者固不足信見於賢士大夫之稱許宜若可信矣然君子好揚人之善而諱稱人之惡故猶有不足徵者然則如之何而可亦惟閭閻之細民田野之鄙夫窮鄉蔀屋之婦人小子心不留毀譽言不知觸諱感悅而歸之斯可信矣此古之觀風者所以採民謠而識循吏知教化用是道也予友王韋菴永樂中爲深澤令在縣且二十餘年示民以教化字之如子婚配其男女長養以其子民實愛戴之如父母嘗坐擅發官稟賑民逮於理得輸役以贖民驅牛車二百輛代之役彌月而竟迎令還治歌舞塡道又嘗遘疾幾危民徬徨奔走以香燃傳禱于神謁醫救療之無不至疾

適考滿來京登剡幣聘相與同寅校文圍棘聯房語次歎洽則知其純正之學精明之識正大簡易之守穆如清風盎如醇醪炙之者宜隨深淺而皆豐況如予素懷景仰之私哉今年春公以三最登銓陞爲四川按察使朝列曰公忠信人也宅心平易廓無畦畛不以喜怒爲好惡其與人色無假借矣牧守徑情以行而惠愛在中然則以任風紀豈必皦皦諤諤方稱所以激揚者乎政宜以治孫者推而行之耳予聞麟儀儀鳳師師未嘗鷙獰是尚也而飛者走者莫不爲之先後蓋士有德威明德而其畏明之效特異豈非公有焉方今昇平日久吏稱其職民樂其業　朝廷近遣巡撫之使風厲海宇而旌別淑慝玉石已粲如爾然則同一道風紀得賢憲使如公以振翕之者四川之人抑何幸哉公至是行從事之

後漢民語律許之以書淵源彌于中通羅政府之入鄉不守法吏二百輔佐之役簡目而意匠令吏者悉迪是入守道治之治又毋背生擅發賞慶據民者浮地方倫安以贈民評示民以教化于入治于時風其民矣文義之以道于民實實之用是以道也于文王章策未盡中為其策令在職且三十餘年公其可信矣比古之聽訟者所以求民趣而議舊之知教化過于衛法屬文人婦人小子十里不留設其言不知彌尊與吏究而歸不足徵其情則好之何由而不至此而通之絡民宜野之御史許宜吉者可信矣某若干好于人文產而謀華人之治政道有守分之響正於私度禪瓊者圖不足信見於當士大夫之論

送滕大郎中王君赴任序　　金寔

讀而來京文公府職公之廉而專其大用也發治之

傑其公以交舍之者四三之入執而有事故公甚居行治事之治平而推則效廣于王公已承如直孝則同一道同從師得與留其平日久而輔其職民樂其業　朝廷以重選難之其吏局蘭士有德於明德而且要明之效許思實非公者屬大方令儀風師師不寶學問也而故言者其不為之非從語方謙所以教諭書乎其宜以治條者推而行之耳乎聞聽議效乎經講以行而惠愛存乎中外則以干風紀宣於聽聽講識往心平易廉雖明不以喜怒而好惡其與人由典從諸夫年春公以三歲考績赴京師見留公忠信人也歸與之人者直道而行者亦當知之以其大人以政令則知其純正之學明之識正大節遂之以為有風翁而適者論來京治行卓偶迎同寅故文圖攀縣為詩以致治

閭則刲羊豕巷歌酣飽以自慶其得民若此類者不可殫紀去縣之日民擁其善政爲歌謠言雖不能成章而意以獨至後爲　東朝官營居室於長安西門其民有不遠數百里操畚鍤負磚瓦來趨其事者數十人不浹旬而成此予所目見者也及出爲松江同知首奏免逋租數十萬理冤獄活無辜民以千數勉力於民隱如居深澤時細民悅而歸之亦如深澤之民每由公事至旁郡求直者纍纍然相屬於道至擁其舟不得行予適與君邂逅於檇李又嘗目見之君是以觀君之所爲其得譽於人非惟不出於私愛狎昵者之口而見稱於賢士大夫之文章亦非過情矣直不知視古之循吏又何如耶内艱服除來朝　京師大司馬王公素知其賢言於上以爲職方郎中我　國家太平六七十年内外軍政雖有

成法然歷年既久消長不齊中間牽合塡補寧無藏欺紛糾之弊　皇上所以究心於此分遣大臣循行四方清理之正欲辨別其是非眞僞以爲取舍庶使軍之部伍有稽而民之版圖不亂其法甚良而密而職方實董其事三二年間枉抑赴愬者聽讞於司馬門經時閲歲有不得命而不免於饑凍死亡者矣今大司馬既委君以此任君嘗爲知己者用則將忘己之利害以別白其是非使枉者直抑者申無告者依依有所賴亦如深澤松江之民則君之才之德爲大臣之所薦聞爲　天子之所擧用可無負矣豈不毅然大丈夫哉愼毋致人曰功名不及於居守令時則甚不可也太學生陳瓛君之姻友也以郡人之意來徵言予辱與君有僚寀之好故因瓛之請而致忠告焉君名源字啓澤漳之龍巖人登甲申進

士第博學善屬文章菴其別號云

送徐拱辰膺薦上京師序

子使漆雕開仕對曰吾斯之未能信子說子路使子羔爲費宰子曰賊夫人之子夫開不肯自信其已能而聖人說之子路強人所未能而聖人惡之聖人之欲人務實也如此哉且學古入官古之道也既學矣尚不肯仕况不學乎爲政之道布在方策有小大緩急之序有施爲節目之詳體段具在章章可考必讀而後知講而後明其造詣也眞其存養也熟事物之來隨而應之無難事矣不學之人既不窮理何由應事譬之操舟者無楫雖有技力且無所施其克有濟乎而世復有讀書數千百卷操觚吐詞出入經史頃刻萬言而不知止及分職授事牽制掣肘無一字可用鄙夫俗吏從事筐笈簿

書者得資是以藉口曰是儒者也是讀書能文章者也噫世謂儒者大言無實莫適於用正坐此等輩爾豈聖人所謂有用之儒哉徐君拱辰質美嗜學爲文章務明理以達於用議論識見度越人意表確乎有用之才也家貧以經術教授鄉里取給養毋澹然無仕進心　朝廷下詔求賢當路者以聞拱辰不知也逮部符下拱辰蹙然曰讀書求道茫然如捕風自治且未能何以治人是舉非知我者直薦我爾或曰有位者似君者不多見君言復爾他人若之何哉適丁內艱未果行甫服闋促檄三四至乃行行之日邑庠士友素善拱辰以予處其師友間來徵言予謂拱辰懷可仕之才而志如漆雕開之未信負多學之美而慮有子羔之失讀聖人書若是可謂能務實矣是行也人民社稷之寄近在朝夕方將展布四

謂於實未嘗行也入民社教之學固在是也以方術原於四
關之未信而多學之美而屬之于未子夫論之人書者是以同
乎處其師友問答之微言于黽其家陳可任之人事而合其源流難
行而服關之從微三四年乃行之人日是門下士於是古其本末以
若以言者不多見者言談衞之入者以入何故適于內服未果
自治且未能何以治人也舉非知者者直為文而致曰有位
挾所不知也讀詩于下挾序致然曰讀書不道德行以補周風
里取諸義由濟其所任之從心朝廷下治水其當路皆以問閣
論議見後之人意義從乎有用之文不事家資以經術教於鄉
用之儒故今者於家質美者學生文章務明理以達於用議
謂儒者大言無實適於用上之此乎事理通者人所論者
書者學者獨以謂曰日是儒者也見讀書能文章者也處世

人分職役事本末學制詩作高夫俗吏徒事簿書獄訟以應
有讀書數十百卷誦吐詞出入經史通古今萬言不如止
從之講學特有雖有文力且無所成其實有會其中而世復
教之本用應之用難若矣不學則不陳其理事無何由應事
章可以意之讀而後知書後明其物理其事之時義而從事
亦有之其事大小大謀作之早有傳學問目以不詳體則於文章
學古入官古之道也聖人之學之不學之實在所學也政之道
路子入所未能也聖人之聖人將以為入言政之謂也故以路
宰子日夫人之子夫子聞不貴自言其口能而聖人說之子
子使之漆雕開仕對曰吾斯之未能信子說子路使子羔為費

送徐井叔監丞上京師序

士於學有志遺文草者其別號三

能以行其有用之學斷不爲大言無實之儒牽制掣肘以貽鄙夫俗吏之訾詆也較然白矣

送致仕訓導彭先生序　　周叙

聖天子嗣登寶位初廬陵北山彭大雅先生以布衣詣闕上書陳八事幾萬言一皆本諸堯舜之道越十有一年又以所著兩京賦進極鋪張混一之盛申創業守成之規上嘉之特賜冠帶俾爲致仕訓導歸老于家并給寶楮以行於戲　朝廷優老尚賢之心與先生之所謂遭逢可謂盛矣先生兩至京師人多阻之今之來也其家庭骨肉尤不欲而先生浩然之志益壯嘗過予白其故予曰先生年已七十不遠六千餘里跋涉風濤之險以來無他求也若堅阻之其抑鬱之心曷由紓乎況　聖明在上崇文弘化先生殆將有遇

也茲蒙　恩典縉紳士大夫莫不爲之喜余則序以送之曰惟彭氏吾廬陵大家唐宋迨今代有聞人先生平生服勤道義孝親有終身之慕教子篤詩書之訓交友朋待姻戚極往還始終之誠博學強記爲文章粲然袞袞不竭中歲遭家多難遂不及仕而其愛　君忠國之念雖居山林如在朝市故既老猶惓惓而不厭也則夫今日官賞之榮豈偶然之故哉古者士大夫依致恒處閭塾以爲子弟師　聖諭所云得不欲褒寵之俾作鄉里之範哉雖然余尤爲之幸者令子承方膺薦登仕途盡報稱之心所以爲先生之榮者將不止此也先生歸乎哉北山之靈免夫移文矣

贈吳先生還家序　　李賢

道在天下無物不有無時不然必有聖賢者出乃能明而行

之苟無聖賢道固自若也爲聖賢者豈有他哉能不謬於是
道而已若夫衆人則聽其自謬不著不察惟學者能知斯道
之久彷彿然擇之弗精執之弗固失之多而得之寡所謂獲十
一於千百者也豈惟後世爲然雖聖門高第顏曾之外未見
復有純者寥寥參千載迨宋之興有周程張朱者出焉於斯道
也始能大明而允蹈之然聖賢之生世不常有殆無異於祥
麟威鳳之稀蹤也今去數賢又若是其久矣間有一二豪傑
之士頗欲振作其間然於斯道之全體終有憾焉嗚呼艱哉
若崇仁吳與弼先生蓋有志於斯道者也予承乏吏部時凡
有自撫來者必詢先生之動履造詣何如卒亦未有知其詳
者嘗致書以伸景慕之私既而累年訖無消息意其引避者
宜然不復計念後有出於其門及游宦其地者交章論薦竟

亦不起天順改元予始被命入內閣言及先生學行之懿忠
國石公慨然上疏薦之　朝廷遣行人齎璽書幣帛往聘於
其廬既至京師　上喜其來坐見之日即拜左春坊左諭德
召至　文華殿從容顧問　寵眷有加先生以衰病不能供
職固辭　上堅意不允留之數月見其病勢弗已乃允其辭
復　賜之璽書賚以白金彩幣仍遣行人送還故里令有司
月供廩餼雖有精力著書以迪後學　聖心眷望如此其盛
蓋曠世所未聞也昔者范文正公謂嚴子陵與漢光武以道
相尚而使貪夫廉懦夫立爲大有功於名教以今觀之
皇上之量尤大於光武與弼之志不下於子陵君德由此而
益光士風於是乎大振而　國家元氣亦將藉此益厚矣豈
曰小補之哉予既得與先生面見　其學極高明動遵古禮有

曰小補之哉予既得與先生會見其學淵源高明粹醇正宜益光士風於是乎大振而 國家元氣亦將賴此培植寔宜皇上之量尤大於先正與道之志不下於千載者由此而詔告而後會夫兼儒大宗爲大有功於名教以今觀之蓋聽世所未聞也昔者文正公謂嚴子陵漢光武以道用洪範與未遇有精力著書以迪後學 聖心淵穆治此其致賜之御書以白金綵幣俾行遣入淵遂致里令有司復固辭 上堅意不允留之數月見其病且已仍不能辭乃許之至 文華殿從容顧問 賜齎者有加於先生以寵其行衛其歸既至京師 上嘉其來業見之日即拜左春坊左諭德國子公燕於京 上爲之 朝廷遣行人齎璽書召起於亦不足爲天下道後元乎始致命入內閣言以先生事亡之議於

宜其不復討言合後有出於其門又為宦其地者以文章論薦竟若舜敬書以俾景慕之私既而置諸坐右興起仰其引翌諸有自撰秉以謁先生之動靜言語何如亦未有知其詳崇仁吳聘君先生蓋有志於斯道也予求之有所聞凡之士踵作其間於斯道之全體大用有驗焉然吁嗟之緒論之繩也今去聖人遠矣若是其久矣間有一二豪傑辭也知大明而已蓋聖人之學往往不宮有治無顯於斯亦挺然有補於千載之下宋之興有周程張朱者出焉於其道一於斯百者也豈惟弟子中其高第顧會入外未見之於十洪緒之糟粕之嫡傳固失之遠已久矣諸讀書十道而已矣夫聖人之學則其自謂不得不深推學者研求斯道之絕學講道圖四舍布衣聖學講道其所以成不能諸也於

深造自得之樂願留以自輔而不可得也告別之際遊其門
者乞予言以贈嗟夫予言烏足以軒輊先生哉健羨之餘有
不能已焉耳是為序

世德堂序

義惠劉侯繼祖之孫祠祭署祀丞雄者持世德堂卷謁予曰
雄之婦翁兵部尚書兼翰林學士苗先生也先生致仕家居
題四言詩一章於卷以惠雄有勉承世德之句故摘以名堂
欲常目在之以景前人之德而自勉也惟大君子賜之一言
予聞義惠侯世居鳳陽昔
太祖高皇帝微時侯以鄉曲之舊嘗助其不給已而復與善
地瘞　帝之考妣則今　皇陵是也　帝得天下之後念侯
之恩侯已亡矣特贈為義惠侯賜侯夫妻誥命具道其事復
官其子以報之蓋劉氏世德自侯始侯之子英為祠祭署丞
孫鏞繼之曾孫謹復繼為奉祀京復繼為祀丞率皆淳雅端
謹樂善循理而世德不替焉今雄繼為祀丞乃以世德名堂
可謂有其實矣雖然侯之濟人其諸異乎人之濟人者與人
之濟人所濟者不過尋常之流耳尚獲顯報于身于子孫若
侯之所濟者非常之人當時賴侯之濟不至窘迫一旦出而
治世天下之民咸被其澤君子推本未有不大侯之功德者
故曰侯之濟人其諸異乎人之濟人也然則侯有功德於
國家如此所以慶流後裔一門五世咸脩其德簪組相承媲
美于時豈偶然哉吾知劉氏之澤未艾也詩云子子孫孫勿
替引之其劉氏之謂歟

送大參程君赴任山東序　　蕭鎡

給事中黃門職也方今　禁近之最清且要者莫踰焉蓋非獨封駁章疏而已政治之利病生民之休戚天下　國家之大計至若人材之進退錢穀之出入刑名軍務之便不便皆得以條陳之或有大姦慝則相率論列于　廷

聖天子往往虛心聽納而當時仕于　朝者亦皆知其爲公論所在莫不望而泯其非僻之心其爲清且要蓋如此也予不皆相接獨素所厚者二人焉其一崑山葉君盛其一休寧程君信也程君長吏科葉君長兵科二君皆磊落奇偉有所見未嘗不言有所言未嘗不盡必求稱其職而後已一時士論多歸之頃予教國子國子散地也予又寡交際在朝雖異時常所往來者非有事不至二君乃數辱過予予於是不獨歎二君之盡職且高二君之義以謂不可得也至是皆以薦有參政之　命程君得山東葉君得山西予方資二君以自慰而二君遽棄予去心甚惜之而或者過予爲非是以謂方今　明天子宵旰求賢以充庶位尤以方面爲重二君皆簡在　帝心者今日之命所謂選擇而使之者也夫山東西京師股肱郡也而二君所理皆邊備誠　國家之所急二君既平日切切以爲言其得不一動其心爲

上理之邪致功業之隆膺廟堂之擢端在茲行也予奚遽戚戚其去哉予有愧乎其言蓋予所惜者私情也或者之云公義也不敢以私情妨公義故於程君行諸同寅請文爲贈因不辭而次第其所聞者以復之

會試錄序　　薛瑄

今　皇上膺　天命光復　寶祚紀元之春適當會試之期

天下士領薦書而至者蓋三千餘人禮部左侍郎臣幹等以
考試官請　上命臣瑄臣原往涖其事同考官臣溥臣賢臣
泰臣正臣似臣恂臣世賢臣節臣淳臣鏞監試御史臣烈臣
鑑暨百執事罔不夙夜祗承凡三試得文之中程式者若干
名弁擇其文之尤粹者彙而成錄臣切惟爲治莫先於得賢
養士必本於正學而正學者復其固有之性而已性復則明
體適用大而負經濟之任細而釐百司之務焉往而不得其
當哉故三代小大之學養士之法皆以復性爲本其得賢致
治之効蓋可考矣漢唐以來正學緒微養士不本於復性往
往溺於雜學術數記誦詞章之習体有不明用有不周雖或
有傑出之才亦不過隨所學以就功名而已其視三代之賢
才爲何如哉至宋道學諸君子出其論養士之法始皆本於

復性雖其說不得盡行於當時而實有待於盛世洪惟
天眷　皇明　列聖相繼大建學校愼選師儒其養士之法
必以三代孔孟程朱復性之說爲本是以九十餘年薄海內
外文教隆洽士習粹然一出於天理民彝之正而雜學術數
記誦詞章之習刋刮消磨無復前季之陋雖曰科目以文章
取士然必根於義理能發明性之体用者始預選列類非詞
章無本者之可擬也故其得賢致治之効足以追隆前古今
諸士子荷　朝廷正學教養之恩旣以有本之文得在選列
行見對於　大廷益當以明體適用自勵隨所器使以忠乎
國以愛乎民以贊助
皇明重熙累洽之治於無窮俾正學得賢之效有光於前有
垂於後顧不偉歟

文山詩史序

劉定之

予少時得宋丞相信國文公指南集讀之然聞公在幽囚中有集杜句詩未見也及官詞林始見而錄得之詩皆古體五言四句凡二百首分爲四卷首述其國次述其身次述其友次述其家而終以寫本心嘆世道者莫如何於人勝天夷猾夏而有待於天勝人夏變夷之必有日也卷目皆公所自分其先公而後私盡已以聽天於此亦可以見而俗本或混之今皆爲復其初集首有總序又有小序散于章首其後又有跋尾序跋中有鈌文者指元之君臣宋之叛逆鈌而不書使知者以意屬讀今皆補之而爲曰字者不沒公初意也不書紀年者陶靖節削亦初之意也姓其履善甫者指南集中所謂范雎變張祿越蠡改陶朱之意也而其事之難有甚於指

南之時焉者矣小序之末多曰哀哉者公所以傷其國之亡憫其忠臣義士之同盡慟其家族之殉國而自處其身於死豈待南向再拜引頸受刃之際而後有决志哉嗚呼孔子不以仁許人而獨以許殷之三臣孤竹之二子余以爲若公者文山之隱京口之脫去而不汙矣伯顏拘於江艦弘範縶於海舟世祖維於燕獄因而不屈矣仰藥於庾嶺絕粒於鄉邸已而須首於燕市死而不悔矣兼微箕比干之心而爲心者其在公乎若乃是詩之作而豈徒哉麥秀黍離之歌作於其國已亡之後而其身可以不死也懷沙抱石之辭作於其身臨絕之際而其國猶未至於亡也身且死矣國已亡矣於是乎有首陽采薇之歌燕獄集杜之作所謂求仁得仁而奚怨者也合伯夷叔齊之言而爲言者其不在是詩乎以是心也

爲是詩也公其可謂仁矣仁者天地之元氣古今之人極其在上爲日月之明風霆之壯其在下爲江河之所以長流山嶽之所以常鎮其混然在中爲君臣民物之所賴以長治久安而在宋之末世爲公之本心在公之死也爲是詩有讀而不盡傷者余以爲非仁人也公同時有曰吳郡張子善者亦嘗集杜句述公始終大槩而疏其事于下方以證之今內相安成彭公純道得其本以示于遂錄以附公詩之後合而題之曰文山詩史取公序中語也公之宗孫廷珮欲鋟梓以廣其傳乃序以歸之廷珮又嘗承其父志脩祠堂以祀公可謂賢後裔云

省菴集序　錢溥

中山劉禹錫曰八音與政通塞文章與時髙下旨哉斯言盡

卽孟氏所謂誦其詩讀其書不知其人可乎又論其世之意也夫言之精者爲文而文成音者詩也茍詩書工矣而行不副設錦覆阱而已爾豈有德之言乎行或副矣而立言無補於政教輪轅飾而弗庸而已爾豈用世之材乎故論人必論其當世行事之迹則政之通塞時之高下見矣然則君子不可已於言而亦不可易其言也如是夫廣信郡守山陽金君宗潤少負材雋卽肆力於古學爲士林所推重既長歌鹿鳴入太學取四方豪傑士而友之益大有造詣知蘄州預脩史于　內閣又得天下諸儒碩譬校之而氣益充材益贍焉陞守廣信于使交南過其境見其田野闢風雨時旄倪熙熙然而樂得其所問之則曰有賢守也然金君亦以予同史事之雅出郊遠迓至其館亟持所輯詩文若干卷以其所自號名

之曰省菴集者乞予評之其詩冲和簡亮詞工而體備文則務陳言是去而雄偉整肅成一家言噫觀其言雖越百世尚可知其政況今目擊而親見哉雖然此特施于一郡之治而已其處將愈極則言愈高而政愈達使人仰慕觀感於千百載之上蓋不待論其世而知其人矣故序

送曹尚書復任序

劉儼

士夫貴涵養者涵養之久則德性堅定知慮精純言行操履正大篤實出而居大位任大事豈惟不動心哉且有執而不變也今之涵養於官莫如翰林優游文翰之場況酣詩書之府所聞者聖賢之言所習者聖賢之行於凡錢穀簿書之事機械變詐之巧一無所動於中而其養純矣故前後自翰林出者率非尋常可及冢宰六卿之長而百司庶府所由銓衡

者也位之尊任之重莫加焉而今南北兩京凡三人皆出翰林泰和王公自翰林學士句容曹公自翰林編脩鹽山王公自翰林庶吉士三公者皆表然以德行文章政事為大臣稱首時與共事者數人多以故謝事去而三公獨巋然信乎當太任能不動心而有執不變者也或曰曹公在天官最久於銓衡事最習且善掌部事于南京似若未究其用者予曰官莫難於獨任事莫難於獨斷今南京事必決而後驛聞非曹公之賢且能而又習也欲定可否而決於一人吾恐事成於下而人弗服事　聞於上而　君弗孚其何以膺銓衡之重而成兩京之治哉且古之大臣所以成贊襄之功為德為民耳為民者貴乎達其情也公家句容去南京纔數舍故老舊交相接而詢焉因以得利病而興革之不猶愈於上下之情

邈然不相通乎然則今之獨用於南京者乃所以爲他日大用之地也公以三載考績 朝京師復任侍御諸公爲求言乎因慨涵養同於公而其材其用若相懸焉故特頌公之美亦以自咎云

送程御史歸省詩序

正己以正人凡有位于列皆然也況以一身綱紀乎百司振肅乎郡縣而又係乎人材風化之本原而可不帥之以正乎彼以鷙猛擊搏爲威使人心膽戰掉不敢一出言一舉足爲非妄事而曰我能正乎人吾恐其特一時畏威强服之耳退將聚而咻之其故習自若也謂之能正人可乎孔子曰其身正不令而行其身不正雖令不從蓋謂是爾監察御史寧國程公嘗奉 命提督北京畿內學校之政曰以風憲督學政威克愛則人不親愛克威則人易狎其可以化導之者身先之耳於是端表儀以帥之推所得以教之嚴條約以整齊之有不率者然後刑以威之未幾化服翕然且尤以敎之興廢係師儒之賢否又旁求儒碩以補訓導之缺由是學政大脩人材輩出天下督學政者公爲稱首一日 朝廷詔大臣議勸賞而或徇私者公曰御史豈直督學政哉天下事知無不言今若此使緘默以容如廢公議何乃連章發其人皆伏罪權貴爲歛手昔人謂臺憲生風蓋自是始一見也時論快而難之及是九載考最吏部例當陞公曰吾之所以教人率人者忠與孝也祖宗墳墓在寧國不拜祭者已數十年今不歸祭掃遂使得大官如虧於孝何迺兩上章始得 請以行時論益快而難之嗟夫學校所以成人之善而能使人化於善

抗章所以論人之過而能使人受以爲過是非正己者不能也至其奏績當陞官在他人將汲汲欲得之有不得則乞哀昏夜遲留數年不一歸其鄉而公獨超然去彼取此是又見其養之素純守之素定孰輕孰重灼見於心曾凡正己以正人者一自其中發之而非徇外爲人者之比若程公者其殆楊雄氏所謂大器者歟予與公交最故知最深故於其行也既合公素所游者十人分韻賦詩贈之且述公言與行之有足爲世重者爲之序云

素王紀事序　　商輅

素王紀事一帙首世系次小像又次降誕之祥生質之異又次之歷代封謚而備錄制誥之文古今廟祀而詳具禮樂之數與夫群賢配從年譜履歷闕里山川靡不悉載而以紫陽楊奐所述東遊記終焉宣聖出處大畧見於此書蓋開封太守西蜀黃璿公瑾之所輯錄嚴郡通守太原傅汝楫之所校正者也汝楫將鋟梓以傳屬予爲序竊惟天生夫子使之繼往聖而開來學其道備於學庸語孟之四書其功著於易書詩禮樂春秋之六經是蓋學者之所共知若乃當時出處之詳後來追崇之盛散見於傳記與時王之載籍學者或有所未知此紀事之所爲有便於觀覽也歟學者先求之是書知夫子之爲夫子文進而求之四書六經而知夫子之所以爲夫子則庶幾無愧於爲夫子之徒不然是猶終日戴天而不知天之高履地而不知地之厚其不爲妄庸之歸也幾希矣予不敏僭序此以爲同志之士勗幸相與勉之

劉忠愍公文集序　　彭時

劉文安公文集序　　彭時

予不佞嘗此以為同古之人十嘗相與論也蓋合宇
宙天之高廣以知地之厚其不為累之論也日天下
夫子則居然無概於為夫子之所以為天下之所以為
夫子之文為大十文之四書六經而知天之所以為
未知此紀事之文述而不作之為天之義以是書而
古詩從來春秋之所為有徵於文獻之實以考其所
詩並樂而開之六經之旨以下之皆有所出而為之
往聖而求指述其道以傳之學者皆知其功書而
王者之旨以指授於以傳之四書之心其功於是書
于西蜀讀書以傳人所著述之大主天下後之所以
禮真所以東進記述為一時所通太原傳於禮之所載

數與大夫賢聖從于論語禮理山川而以為詩
文人歷代封諡而倫制語之文古今廟而詳其樂之
壽王紀事一帙首世次小傳文次序論之要實人
文章王紀事序　　商輅
其為書也書者為文序六
既合公書所者十人公與公文最行
謂大所謂大器者謂大于之文於其
指維其所謂大器者手之為入之故
一書一自其中於之而非向外為事所謂大
入為人義之文素而非向外為事之實
其義之文素大定之事非必重而公
合之運之之數言不一歸其鄉而公
也至其義當位置人之得
抗章所以論入之道而
賢人之文以為通

自昔學聖賢之學者先道德而後文辭蓋文辭藝也道德實也篤其實而藝者書之必有以輔世明教然後為為文之至實不足而工於言言雖工非至文也彼無其實而强言者竊竊然以靡麗為能以艱澁恠僻為古務悅人之耳目而無一言幾乎道是不惟無補於世且有害焉奚足以為文哉以是觀之其文傳不傳槩可見矣吾安成贈翰林學士謚忠愍劉公諱球字求樂世為簪纓望族自少力學博極羣書存心制行率由正道以春秋舉永樂辛丑進士拜儀曹主事居官廉勤積學不怠遂膺薦入侍

英皇經筵預脩

宣廟實錄書成進翰林侍講其在翰林雖以文學為職而忠君愛國憫民憂世之志尤惓惓焉嘗䟽十事規切時政忤權

奸下獄直詞勁氣之死不屈天下聞而壯之不踰數年言益驗事益彰聞 朝廷嘉其忠乃有贈謚祠祀之典此公始終之槩也跡公平生志於道德者乎而於脩辭亦苦心極力期與古之工文者並蓋無所不用其誠者也觀其應世之文有典有則粹然一出乎正皆足以扶世道而重名教謂非有德之言可乎其視古人豈多讓哉公沒後二十有八年其子廣東叅政鉞湔江副使釬相與類集公文錄梓以傳屬時序之時於公為後進鄙言何足以重公然公亦何待予言以為重惟公文步趨聖賢之途根本道德之實嚴整雅潔無一浮靡恠誕語若此者自足以取重於世加之死于忠諫其精神耿耿乎天地間凌厲山嶽盪摩日月與寒暑俱運而無窮其所以增重斯文者有在人將視為商敦周鼎而寶重之雖微予

言可必傳于世無疑也曾穆叔論死而不朽先立德次立言於戲公之不朽其在是矣况有二肖子益克振厲功名爲之後哉二子俱第進士入翰林爲庶吉士累轉至今職名位方進而未已皆有光於家學者也因其請辭不獲命敬書此于篇端庶觀者有考焉

蒲山牧唱集序

彭時

蒲山牧唱者蒲圻魏公自名其詩集之辭也公名觀字杞山號梅初生丁元衰晦跡蒲圻山中吟詠以自樂入　國朝仕且顯矣猶不忘隱居時事故自名其詩以牧唱而繫之蒲山云曾孫銘將刻諸梓屬予序予聞人生感於物而後有言言之成文而有音節者爲詩詩足以宣人情之欣戚體物理之隱微極古今事變之得失而格有高下詞有清新古雅富麗

平淡之殊皆係乎其人之所養與所學何如也學博而養正詩有不工者哉吾聞公之隱蒲山也遭世艱虞不忘講習其學博通五經諸史以元季非可仕之時故不仕我
太祖高皇帝下武昌聞其名而聘之既至授平江州學正累遷至翰林侍讀學士侍　皇太子及秦晉楚諸王授經遷國子祭酒與詹公同宋公濂俱乞歸既行復　召還
上親御奉天門賜宴倡和以爲樂後奉命治蘇州豪民之不法者陷於誣以死既而　上悟抵誣者罪復以禮遣柩歸葬武昌特賜諭祭諸王亦致祭焉觀　上之所以寵待隆厚終始而不替則其賢槩可知已况能進退以禮不以富貴利達繫其心非素有涵養其能然邪夫所養所學如此故其發於詩也用事工體物切意思深婉而格調高古足以儷盛唐而

詩也用事工體物切意思深婉而格調高古此又難矣
陳其心非苟爲者其辭雅其氣和非大所養者厚故其發之
而不苟則其體要乎己以進退以禮不以言貴其達
在出將入相讀書觀於詩章亦所以論詩之旨而學者
志者猶未嘗以文辭亦上下語於理者蓋以發揮學者
于外翰曾公同宋公濂修元史時召後罷
書亨翰林侍讀學士侍 皇太子于大本堂受經
太祖高皇帝十七年聞其名而召之以江州學正
學博通五經詩書文以元季非可仕時故不仕
詩有不工者故詩聞人公浦山也乃譏其寓不忘歸其
平淡之情發之十其人之所養與所學何如也是以辭華而義正

陽極古今事變之理而探其高下兩者清新古雅高邁
之效文而有音節者造語以宣人情以狀所處體物之理之
以當時諸律體歸之平易年間人主感於古而後有言言
且顯矣然而乃謂起事故自名其詩以故遷而暮入浦山
號梅花子又號浦山中人詩以自樂入 國朝仕
浦山文稿凡若干卷公白今其詩集又得之編之人公名弟字恕山

浦山文稿序　[illegible]

翁詩集序
進而未已者有六家學者者也因其詩詞下變合故書此于
後進二千百進士人翰林庶吉士明年轉今職合同乞
於讀公之不相其奔走朝士位二十年無所
言同必溝于世無所為於論可見其

追風雅至於應制諸作壯麗和平尤足以鳴　國家之盛其可必傳於世無疑矣翔有賢孫曾爲之惓惓表章如銘者邪銘家學有傳初任戶部主事坐累乃外補楊州府通判以廉謹稱其顯揚先德將有在於詩集之外者因併書于篇首以爲之徵云

奉使安南詩序　　葉盛

天順五年安南國王黎濬爲其庶兄琮所弒既而濬弟灝與
國人共殺琮以　聞明年
上特命翰林侍讀學士錢公禮科給事中大梁王君充正副使往冊灝嗣爲安南國王使　命在行道出二廣二廣之士大夫作奉使安南詩卷贈其行請爲之序夫安南古交趾南夷地也我

太宗文皇帝以義取之
宣宗章皇帝以仁予之義泣而威以行仁敷而德以洽所謂
前聖後聖同一揆也比年安南壤地連二廣者間有譁訐之風文移紛擾相屬不絕近數年恭謹自將往事不一敢萌動
國人有懷珠合浦　上降旨詔責之即首伏請罪蓋
列聖相承仁漸義摩之久化成之效理勢則然況重以
皇上神謨廟筭馭夷柔遠之得其道邪乃者廣寇作孽
上遣將臣佩征夷將軍印視師平寇而文告之辭旁達邊上聞安南使人偵諸境得印文歸轉相流訛以爲王師將有事于彼舉國震疊踰月而始定蓋印即　文皇帝弔伐時物故耳噫安南誠畏威矣而豈　皇上光昭　先烈一視同仁之意哉今錢公以文學位望當妙選王君以侍從之良副是行吾

知海濱酋長當　恩命之日天其將以背者畏威之憂移而爲今日懷德之喜奔走俯伏聽受命令使事之有成也必矣於是旣書此爲序復爲四言一首用申告之其辭曰維
帝之仁興絶繼世禁亂誅暴斯　帝之義維義所加仁則在是嗟爾南人勿怠勿忘勿爲玁狁勿爲鬼方爾惟虞芮暨爾越裳使車闐闐恩言是宣交人感慰抃舞而前專對之餘爲我謝焉

大學要畧序

洪寬

大學要畧一書元曾齋許先生直說以教人也夫天生烝民固莫不付之以性而弗能使之皆有以知其所固有而全之固不能無待於教也古之聖人若伏羲神農黃帝堯舜禹湯文武首出庶物作之君師於是人生八歲而教之以小學之

方十五而教之以大學之要而大學小學之教蓋巳立矣逮吾夫子之聖繼群聖之統以教詔於天下而人有所啓迪以復厥初則大學小學之教又彌著矣曾子述之作爲傳義以發其趣朱子因之集爲章句以釋其意由是大學所以教人之法彰彰明甚無以加焉學者由章句而遡其傳義由傳義以明夫聖經若披雲霧而覩青天翦荆棘而循大路坦然由之而造乎大道之要蓋有不知其然而然者矣爰及胡元聖道淪湮曾齋先生居司成之重任尋道學之墜緒歷覽聖經旁通傳註撮其大要不工文詞直說大學教人之方以開示後之學者其言約而達徹而緘雖庸人孺子皆有以知這便是明明德新民之說這便是止於至善之謂這便是格致誠正之方這便是脩齊治平之理然後古者大學教人之道聖

經賢傳之旨莫不煥然闡會洞然昭灼夫豈復有餘蘊哉是書也傳之雖久而未盛行逮我

皇明文教誕興河南憲臣臨海陳先生奉

勑提督學校停縣之初首搜儒書得其故本乃沉潛考訂更互演繹補其闕畧發其微義每歷一所輒召校官集諸生立館下出以示之日令講誦親加訓迪凡環黌宮而觀聽者亦無不釋然有悟於心充然自得其理寬叨領郡寄學校所當先也於是謀於同寅桐江聞　孟剛京口陶　茂各捐俸鋟梓以廣其傳嗚呼聖人之道著於經猶化工之妙著於物雖曰簡易易知然非魯齋真說以教人則微詞奥義孰有以得其理而復其性者哉若是篇者不惟有補於化民成俗之意而實有功於聖門也大矣寬於是忘其固陋叙其歲月於刊梓之後庶幾學者授是篇而知二先生教人之意昭昭於無窮矣

寫矣

梓之後[illegible]

而實有功於聖門也大矣[illegible]

其運而復其性者[illegible]

曰簡易[illegible]以教人[illegible]

梓以廣其傳[illegible]

[illegible]

[illegible]

[illegible]

[illegible]

皇明文教之興[illegible]

書已傳之[illegible]

[illegible]

跋

恭題豳風圖後

宋濂

臣濂侍經於　青宮者十有餘年凡所藏圖書頗獲見之中有趙魏公孟頫所畫豳風前書七月之詩而以圖繼其後
皇太子覽而善之謂圖乃方帙恐其開闔之繁當中折處丹青易致損壞命工裝褫作卷軸以傳悠久屢　令俾臣題其末臣聞之七月一詩序者謂周公陳王業以告成王故備志稼穡之艱難自于耜而舉趾自播穀而滌場以至上入執宮功莫不纖悉備具而功女蠶績之勤繼焉嗚呼國以民為本也而民之至苦莫甚於農有國家者宜思憫之安之宋之儒臣真德秀有見於斯嘗請于
朝欲繪農夫功女勞勤之狀揭之宮掖布之戚里使六宮嬪御外

家近屬知衣食之所自來盛矣其用心也恭惟
皇太子殿下天賦懿德仁孝溫文而尤留意於農事每於禁中藝植麥禾以觀其成則其憫小民勤勞固不待周公之告而後知然而此心易發而難持自古賢君恒存敬畏至以朽索馭六馬譬之
願
殿下之心朝夕如覽圖時則四海乂安無一夫而不被其澤盛德大業必將度越成王無疑矣臣年雖耄日切望之因推德秀之意備書篇終以竭犬馬之誠云

恭跋　御製詩後

臣聞自古人君有盛德大業者其積慮深長而詒謀悠久必曰與文學法從之臣論道而經邦當情意洽孚之時或相與賡歌或襃以詩章或燕之內殿君臣之間實同魚水非直以為觀美所以禮

[illegible]

[illegible]

跋

宋濂

[illegible]

皇明文衡卷之四十五

實後示寵恩而昭四方也有如唐之文皇宋之太宗其事書之簡
編者可以見之矣
皇明紀號洪武之八年秋八月甲午
皇上覽川流之不息水容澄爽油然有感于 宸衷陋尹程秋水
賦言不契道乃親更為之賦成 召禁林羣臣觀之且曰卿等亦
各撰賦以進臣率同列研精覃思鋪叙成章詣
東皇閣次第投獻
上皆親覽焉復賞品評於其間已而賜坐
勅太官進天厨奇珍內臣行觴觴已
上顧臣曰卿何不盡飲臣出跽奏曰臣荷 陛下聖慈賜臣以醇
酎敢不如 詔第臣年衰邁恐不勝桮酌志不攝氣或忒於禮度
無以上承 寵光爾

上曰卿如試之臣即席而飲將徹
上復顧臣曰卿更宜釂一觴臣再起固辭
上曰一觴豈解醉人乎卒飲之臣舉觴至口端又復琖縮者三
上笑曰男子何不慷慨為臣對曰天威咫尺間不敢重有所瀆勉
強一吸至盡
上大悅臣顏面变赬頓覺精神遐漂若行浮雲中
上復笑曰卿宜自述一詩朕亦為卿賦醉歌二奉御捧黃綾案進
上揮翰如飛須臾成楚辭一章臣既醉下筆傾欹字不成行列甫
綴五韻
上遂召臣至命編修官臣又重書以遺臣遂諭臣曰卿藏之以示
子孫非惟見朕寵愛卿亦可見一時君臣道合共樂太平之盛也
臣行五拜禮叩首以謝

上吏勑給事中臣善等賦辭學士歌云臣既退竊自念曰臣本越西布衣粗籍父師明訓弗墜箕裘之業而已一旦遭際
聖明遣使聘起之踐歷清華地躋禁近無一朝不覲日月之光如此者凡十又七年叨冒　恩榮夐絕前比所幸犬馬之力未衰誓將竭奔走之勞以圖報稱今　天寵屢加雲翰之章照臨下土臣竊自揣度何足以堪之雖然傳有之泰山不讓土壤故能成其大河海不擇細流故能就其深王者不卻衆庶故能明其德洪惟
皇上尊賢下士講求黃虞治道度越於唐宋遠甚雖以臣之至愚亦昭被非常之殊渥六合之廣其有抱藝懷才者孰不思踴躍奮厲以揚於　王庭哉臣按南有嘉魚之詩有曰君子有酒嘉賓式燕以樂序者謂太平之君子至誠樂與賢者共之也
皇上恩寵之使蕃抑過之矣又按天保之詩有曰罄無不宜受天百祿降爾遐福惟日不足序者謂臣能歸美以報其上臣雖無所猷爲願持此頌禱於無窮哉古者修君之命勒諸鼎彝藏諸宗廟嗣世相傳以至於永久臣敢竊援斯義礱玉爲軸裝潢成卷什襲珍藏以顯示來裔給事中臣善等應　制諸詩附錄其後而賢士大夫聞風慕豔而有作者又別見左方云

題司馬公手帖

右司馬溫公與范忠宣書一通藏楚郡龍雲從家雲從間請題其後濂聞哲宗初立崇慶太后同聽政起公知陳州過闕留爲門下侍郎忠宣亦從慶州召還爲右諫議大夫俄遷給事中此書正此時所遣其殆元豐乙丑之冬或元祐丙寅之春乎夫公自熙寧辛亥居洛再任留司御史臺四任提舉崇福宮至是始司政柄故書中有閒居十五年之言公年蓋已六十有七新法方盛行小人附

[illegible]

[illegible]泰山不讓土壤故能成其大河海不擇細流故能就其深[illegible]

[illegible]

和者衆公度不可止遂絶口不言事故　又有更求一任散宮守候七十郎如禮致事之言當是時章惇蔡確黃履邢恕等蛇蟠蚓結牢不可解公新自外至孑然獨立故又有如一黃葉在列風中幾何而不危墜之言公之志爲可悲矣然公與忠宣素相知其居洛日忠宣方以罷齊州之政判西京留臺乃同爲眞率會則其志同道合固非一日之故熙寧之法又皆共怒其爲害而其設施或不同者忠宣則欲去其太甚公則欲鋤剗而絶其本根雖書有隨時示諭勿復形迹之謂二賢之見猝有未易合者豈天未欲平治天下故使之然歟公遺此書後僅及數月且觀化冥冥之中忠宣繼公爲左僕射務以博大開上心忠篤革士風四海方翹首望治會未幾何穎昌之命亦遽下矣不亦重可悲夫閱此帖者當知治亂之機所繫初不可以尋常簡牘視之也

題王羲之眞蹟後

昔年危內翰太樸出示野皐帖且云別有喜色帖在江右出自丞相周益公家傳授次第一一有據須谿劉會孟評之謂如蘭亭裹鮓尤爲佳絶濂恨未之見近豫章人士來求墓文忽持此帖爲贄須谿題識宛然居後因驚喜曰此殆太樸所言者徧示中朝善書者咸定爲眞蹟無疑或取唐臨者比之神氣自然不侔鄱陽劉彥昺最號精鑑法書日閱此而不厭狂欲起舞眞僞之辯固自有異哉須谿所書名中藏三代人物字僞署者輙易別護并及之

題淵明小像卷後

右龍眠居士所畫淵明小像卷鉅公名人題贊於後發揮其出處者甚備固不必寘辭於其間有讀淵明恥事二姓在晉所作皆題年號入宋之詩惟書甲子則惑於傳記之說而其事有不得不辯

手識入宋之詩惟書甲子則淵明之傳記之說而其事在晉不易不辨者其備固不必寫靖節之狀貌[illegible]淵明必取[illegible]二三在晉所作[illegible]右龍眠居士所畫淵明小像者[illegible]公之入題贊[illegible]

題淵明小像卷後

設適紛然所書各中微三代入物守儒[illegible]書[illegible]以則[illegible]乎不又入[illegible]最[illegible]書日閑[illegible]而不[illegible]往欲[illegible]之[illegible]者[illegible]為[illegible]比之[illegible]不[illegible]中[illegible]書[illegible]

題王右軍[illegible]後

之[illegible]不可以[illegible]未[illegible]之合[illegible]下矣[illegible]重可[illegible]公[illegible]大[illegible]上[illegible]四[illegible]一[illegible]中[illegible]

者矣今淵明之集具在其詩題甲子者始於庚子而迄於丙辰凡十有七年皆晉安帝時所作初不聞題隆安元興義熙之號若九日閒居詩有空視時運傾之句擬古第九章有忽值山河改之語雖未敢定於何年必宋受晉禪之後所作不知何故反不書以甲子邪其說蓋起於沈約宋書之誤而李延壽著南史五臣註文選皆因之雖有識如黃庭堅秦觀李燾眞德秀亦踵其謬而弗之察獨蕭統撰本傳謂淵明以曾祖晉世宰輔恥復屈身後代見宋王業漸隆不復肯仕朱元晦述通鑑綱目遂本其說書曰晉徵士陶潛卒可謂得其實矣嗚呼淵明之清節其亦待書甲子而後始見邪姑采先儒之論而附著於左方云

朱文公書虞帝廟樂歌跋　　胡翰

桂林有虞帝廟在虞山之下皇潭之上宋淳熙初張宣公典郡因

而新之朱文公記于石樂歌二章則其所係之辭也九年文公過常山書贈呂子約子約成公母弟也時佐治于衢故人傾蓋酒酣意適灑然見之翰墨閱宋以來二百年矣蓋王氏之先得之清江時氏而時氏得之呂氏者曾公之孫約至今寶藏唯謹余幼讀金吉父濂洛風雅即熟是辭今復於王氏見公遺墨惟帝有虞氏德侔覆載雖古先記禮者不足以知之唯公歌詠之間抑揚曲折辭不費而意已獨至矣世之纂述者宜裒而出之以備公續騷之辭豈在鞠歌行下哉

劉養浩鐃歌鼓吹曲後跋

右

皇明鐃歌鼓吹曲十有二篇烏傷鎦剛之所作也剛受學於前翰林學士潛谿宋先生先生博學能古文辭嘗叙述宋太祖太宗功

林學士語録末先生于演學古文辭言以逮宋太祖太宗功
皇明鐃歌鼓吹曲十有二篇高帝命詞臣之所作也鴻業於前朝
右

劉養浩鐃歌鼓吹曲後跋

豈在鐃歌行下哉

不書而意已獨至矣世之纂述者宜表而出之以備公鑒盛之辭
作實籍雜古先詔令而語者不足以知之惟公歌詠之間抑揚而行辭
言父兼各風雅即於典辭今復於王氏見公遺墨其有慶以德
時氏而時氏得之者皆公之孫綸至今寶藏其謹於讀金
貫適遺緣見文獻聖聞宋以來二百年矣蓋王氏之先得之者正
濟山書贊言于約方成公之書也時位治于鑒故入備盛酒聞
而約之朱文公託于石樂歌二章則其所係之詞也九年文公過

桂林有虞帝廟在虞山之下皇慶之士宋淳熙初張宣公典郡因

朱文公書虞帝廟樂歌跋　胡翰

朔諸朱先儒之論而辯著於左方云
晉卒可謂得其實矣乃陶淵明之書節其所存無事于世而後始見
業漸隆不復肯仕朱元晦注通鑑綱目遂本其說書曰晉徵士陶
獨議論據本傳謂淵明以曾祖晉世宰輔恥復屈身後代自見宋王
昔因之雖有論如黃注陶詩者謂素實真德秀亦據其說而帶之察
于祈其說蓋於今所序宋書之說而幸宋史五臣注文選
雖未敢定於何年必宋受晉禪之後所作不知何故反不書以甲
日間居詩有空視時運傾之句猶古篇九章有以顏山河改之語
十有七年首晉安帝時所作初不關題甲子元興義熙之際諸九
者矣今淵明之集具在其詩題甲子者始於庚子而訖於丙辰九

業之盛為宋鐃歌傳誦搢紳間以為度越姜夔可追比唐柳子厚今剛此歌篇次體製皆承子厚之舊而才氣橫發音節鏗鍧則得之潛谿又將追躡其武而駸駸其前矣昔潛谿在前元時去宋頗遠其言宋事皆徵諸史傳所載若剛也生際
聖朝躬涉干戈之亂登于大猷故凡 天運神斷指授諸將掃除羣雄合天下而為一者非若史傳所聞十年之間皆剛與余所親見也顧余老矣無以模寫萬一於是得剛所作令童子誦之而余聽之洸洸乎如在短簫鐃鼓間不知其為衰颯也

范賢良帖後

范公茂明世家香谿當宋中葉衣冠而仕者彬彬一門之內公舉制科不就而此書則遺其姪元問者蓋元卿以下輩也余觀元卿類次公集知其平日所守純一篤實不以 朝廷之利祿為可慕

公卿之薦引為可階其於聖賢之學如飢渴焉嘗曰學者覺也心且不存何覺之有又曰上智之學德性是尊無視無聽昭然者存其言超然自得不但心箴為可取也乾道以前乃有斯人乎豈非特立有志之士哉昔陳巖肖稱公危坐一室敗幃故器人所不堪而神宇泰然終日與之對無一言及世間事今即其心畫言論之存者想其人於二百年之上為何如也君子於此其亦可以興起也夫

童中洲和陶詩後跋

陶徵士之高節非晉宋人比也讀其詩者未嘗不悠然想見其蕭散沖澹之趣故世慕之如韋應物之擬作蘇子瞻之和篇往往不絕余意欲與之角顧摩於世之塵鞅敝於末習之襞積未能脫去今中洲是集何其駸駸逼人若是哉蓋兼取二家而寤寐乎柴桑

今中州吳集何其選擇過人若是哉蓋兼取二家而語深平淡來
絕余意欲與之角藝於世乃顧於末世之蘊精未能脫去
散中譜之蔬故世藥之知其藏諸作藻千篇之知豈往往不
隱微士之高節非言未入比也讀其詩者未當不深有見其漪

書中州和陶詩後敘

也夫
存者僅其人於二百年之上爲何如哉若于此其亦可以興起
而忭宇泰然牧日與之期無一言及於世間事今觀其遺書論之
詩言有志之士若楊龜山公危坐一室默韓故器入所不堪
其言路決自得不但以旋退爲取也乾道以後乃有所入乎其非
且不存何嘗之有又曰上蒙之事早爲事無聽無聽汝者有
公體之集己爲可諳其於羣賢之學知己所言濃曰學者當自也

讀文公集知其平日所守紛一語實不以乾隆之初謝爲可歎
制科不就而此書則責其從元問者盡元卿以下薦也余讀元卿
從公交明世東吉答當宋中集於道而仕者幾一而以西公事

讀貞良帖後

觀文清先生十如在經篇跋間不知其爲章顯也
見也讀今者未無以撰萬一於是陽剛所作令童子誦之而令
章雅以天下而窮一者非若文事所臨十年之間皆剛與令於頸
量朝汝于文之亂登于大畝故凡　天運神圖詔揆讚訖講泳
讀其言宋事皆徽請史傳所徹者剛也主祭
文譜給文序注論其法而懸驟其前失音淪給太前而時去來碩
今圖此辨語以體要音承十卑之懂爲木肅積發音節鹽錯則得
業之爲名木歸嘆傳言言辨中問以海虞故義適可造元施留于寫

羲皇之間者可謂好之篤而思之精矣其有不合於古者乎抑古之比與非以能言爲妙以不能不言者之爲妙也此所謂發乎情也太音在天地流被萬物前者唱于後者唱喁果孰使之中洲之發乎情者亦將若是乎雖尚友千載可也葛天氏之民歟無懷氏之民歟其尚爲我補諸牛尾之歌吾固將擊壤而和之矣獨不知聽之者其誰哉

書劉禹疇行孝傳後　劉基

世之所謂浮屠者果何道而能使人信奉之若是哉人情莫不好安樂而惡憂患故惴之必於其所恒懼誘之必於其所恒願然後不待驅而自赴浮屠氏設爲禍福之説其亦巧於致人與夫四海之衆林林也而無不爲其所致何哉彼固非止惑愚昧而已也人情無不愛其親親歿矣哀痛之情未寘而謂冥冥之中欲加以罪孰不惕然而動於其心哉間有疑焉則羣咻之若目見其死者拘於囹圄受箠撻而望救者故中材之人莫不波馳而蟻附雖有篤行守道之親則亦文致其罪以告哀于土偶木偶之前彼固自以爲孝而不知其爲大不孝豈不哀哉且彼謂戕物者必償其死故有牛馬羊豕鮀鱷之獄謂天下之蠢動者舉不可殺也今夫虎豹鷹鸇搏擊蜚走以食日不知其幾何而獨無罪也哉人之殺物有獄矣虎豹食人而無獄何其重禽獸而輕人也彼又謂婦人之育子者必有大罪故兒女子尤篤信其説以致恩于其母吾不知司是獄者誰歟人必有母將舍其母而獄人之母與將并與其母而獄之與獄其母不孝舍其母而獄人之母不公不孝不公俱不可以令二者必一居焉將見羣起而攻之矣雖有獄誰與治之宰天地者帝也彼則謂有佛焉至論佛之所爲呴呴嫗嫗若老婦然有

此者言也哉或曰聞之聖人論罪之所當也而當其心獄者有
以今之言也一曰罪無罪[illegible]其父之罪及人其辜夫
獄之與御其出于不得含其母而殺人之母不以及其不可
是獄者非與人之有母皆含其母而殺人以與父母與其母而
子者之有大罪故況其子于其孝信其說以教之于其母其不可回
獄樂之虐待食人而無獄何其事象而與人也故以謂之所人之有
為國諸侯之患者以食者不知其教何而為無罪也欲人以以殺人有
有千萬年未能通之獄聞天下之人為之書者舉不可數也今夫治獄
為善而不知其為大不善且不哀其臣詆謂故物者公[illegible]其死故
行乎道之觀則亦文致其罪以害於士庶木偏之所放固自以
於因圖安之業謂而望報者故中於之人莫不[illegible]其[illegible]而繫附雖有萬
難不過然而動於其心故聞有發焉則算將之者曰見其死者恂

而無不發其親故矣夫廉之情未有不真而謂冥冥之中欲加以罪
之求榮榮也而無不為其所致何故侵國非止淫昧而已也入
不得羅而自投于富貴設為禍福之說其亦巧於致人與夫四海
安樂而惡憂患故儒者以於其所恒謂之以其所恒願然後
世之所謂學者果何道而能使人信奉之若是故人情莫不好

書劉禹疇行孝傳後　劉基

聽之者其聲哉
之民與其尚焉故備論于尾以戒吾國家者鑒焉而知所以為美猶不知
發乎情者亦非若是乎雖尚友千載可也使天下之民無與樂其
也大音在天地而欲萬世前者富乎後者為之謀則是之中和之
之比興雅以能言發乎中以不能不言者之為樂也其所謂發乎情
集里之間者千載之情而不合於古昔乎哉古

呼而求救不論是非雖窮凶極惡無不引手援之使有罪者勿懷刑是以情破法也夫法出於帝而佛破之是自獲罪于天也吾知其無是事也昭昭矣以劉子之賢其不爲所惑無足恠者吾獨悲夫天下之爲劉子者不多也故又爲之言以籍夫知愛其親而不知道者

書善最堂卷後

武林陳舜中以善最名其堂介其友富君子明求予言夫立言以明道而求言于人者將以正己之所學言可以苟乎哉所謂善最者蓋本於東漢東平王王之言天下之格言也人以是而服膺焉聖賢之爲道不外是矣然善之云不過槩而言之求諸實踐必有其方不可徒云云而已也今夫世俗之人類以善自名也觀其行而不掩道之不明也久矣夫善未易擇也恭與謟相隣訐與直相

似小諒賊信小慧賊智小剛賊勇小不忍賊仁故有非禮之禮非義之義疑似之間禽跖分焉可不慎哉是故擇焉而不得其中道焉而不知其窮古之人有爲之者楊墨是也知焉而不能蹈好焉而不能用取其名不必其實古之人有爲之者郭公是也若人之心未嘗不自謂已能善也而卒於不善爲善之名豈易當哉且題扁之設起於何人乎盤之銘几杖之書朝夕警省淬厲以成其德非衒外以爲觀也今之揭于軒摽于楣大書以示於人者其果有志于自警乎抑將從事於詠歌以爲娛也屈子曰善不由外來名不可以虛作也古之有衛武公者抑抑之戒陳于庭而睿聖之名垂于後若是故詠歌乃有益也嗚呼詩不如抑人不如衛武公則求者爲徒求言者爲妄言矣

題劉商觀奕圖

右昔人臨唐劉商觀奕圖其曰李伯時臨茅君彥勤蘇先生識蓋皆假設之云而其描寫模刻實俱妙絶不必問其眞作於何人也王生以采薪入山父母妻子待之以食見奕者而躭觀之至于爛其斧柯豈所謂力本者哉比歸而親戚鄉黨咸非其舊可悼也已一夫一婦不獲自盡伊尹恥之以戲迷愚人使之老無所依其果有是事耶神仙亦未仁矣

題王右軍蘭亭帖

王右軍抱濟世之才而不用觀其與桓溫戒謝萬之語可以知其人矣放浪山水抑豈其本心哉臨文感慟良有以也而獨以能書稱於後世悲夫

書代祀馬援頌後　王禕

初王君廉使安南奉

上旨就齎白金若干兩具牲年代祀馬援於橫州之烏蠻灘至則覩其廟貌頹壞因斥餘金俾有司繕脩之功畢始藏事蓋以遂事爲之也廉還白于　廷臣或謂非

上本旨格不敢聞乃洪武四年二月十三日丁卯

上御大本堂大師韓國公及禮部太常翰林諸臣咸在焉廉因奏對之須具言脩援廟事

上曰援當時殺戮羣蠻過當故蠻俗今猶不共其祀耳爲之脩廟良是也於是廷臣乃韙之謂廉善爲使云

大事記後記

東萊先生呂成公躬任斯道之重諸經既皆有所論著而於史學尤長其用古策書遺法作大事記誠史家之大法也當時朱文公蓋深服之謂自有史策以來無如此書之奇者初公爲是書務存

古意故其與解題各自爲書今用春秋經傳相附之例以解題附見于各條之下雖云非公之本意而庶幾習其讀者獲便於觀覽間竊以臆見復加蒐輯而補其一二不避之罪則固所不敢逃也

書鄭子美文集後

鄭子美先生所爲文余十年前嘗得其漢唐諸論頗病其體制往往或出於繩墨心未之好也今年復獲其師山集盡讀之觀其操議持論務辯道理談名義蓋汲汲焉以扶植世教自見心歎服之於是乃愧向之知先生之不能深也雖然以文求先生非知先生者欲論先生當自其平生大節而觀之初先生隱居于鄉教人接物一體於風義至正中宰臣以名聞詔拜翰林待制兼有上尊名幣之賜先生疾當世方奔競成習將有以抑之則抗疏控辭其言曰臣問學之淺深他人不能知臣實自知之所謂吾斯之未能信豈敢貪冒恩榮以自欺其心酒與幣天下所以奉陛下陛下得以私與人臣不敢辭名與器祖宗所以遺陛下使與天下之賢者共之陛下不得私與人臣不敢受疏聞朝廷不之強也居無何而干戈起徽城陷焉城守者將要致之使爲用先生厲色拒之曰吾豈事二姓者邪因被拘囚郡中詬辱者久而志不少變親戚朋友攜具餉之則從容爲之盡歡且告以必死狀其妻聞之使語之曰君苟死吾其相從地下矣先生謂曰若果從吾死吾其無憾矣明日衣冠北向再拜自縊而卒嗚呼先生於出處死生之際其大節表表如此而世之以文求先生者豈足以盡先生乎況求之以文者不觀其所以自見而徒徇夫言辭之末其尤淺知先生矣唐司空表聖韓致元所爲辭章凡泥纖靡無足多者而其處進退存亡能不失其正節義所在君子蓋深許之其 所爲不朽者有在彼而不

[illegible]

書[illegible]文集後

[illegible]

在此也予濯夫人讀先生之文者如予向者之所病故竊志之以爲告世有知言者其必謂予能知人也哉先生名玉字子美徽州人

皇明文衡卷之四十五

在此也乎嚮夫人讀先生之文者於予向者之所病故略志以
總告世有知言者其必謂予能知人也已故先生名廷相字子衡號浚川
人

皇明文衡卷之四十五

題跋

跋東坡尺牘後　　趙汸

宋禮部尚書贈太師東坡蘇公忠義貫日月名聲塞宇宙蓋千載一人也妙齡登高科思以文學經濟如賈太傅陸宣公中歲偃蹇不偶留心佛乘交友禪伯如白樂天柳子厚晚節播遷嶺海遂欲除學長年超然遐舉如安期生梅子真此公平生學術三變見於手筆書疏者具有本末也若夫文章妙天下特其餘事傳周易尚書解論語亦博洽之及爾要非志氣所存然公嘗有曰膠西多古君子使蓋公真往來其間軾何足以見之與參陸子厚書所論黃高人之意適同噫內聖外王之道不明而豪傑之士不能忘情於方外者如此然則世人所求於公者殆其粃糠土苴耳至正巳丑秋過倪氏縣川寓居敬書此于其所觀東坡尺牘後

書所編李文公集篇目後

李文公集十有八卷凡百四篇江浙行省參政趙郡蘇公所藏本其既從公傳寫後總其篇目如上始汸見歐陽公論文每稱韓李其讀幽懷賦恨不得與之同時上下其議論而老泉蘇公亦謂李文其味黯然以深其光油然以幽自是每欲求其集觀之不可得所得者文苑英華中數篇而已既又見豫章黃公謂皇祖實錄文如女有正色又子朱子論復性書雖病藏情之旨出於釋氏而亦善其有如此思慮益以不覩全集為憾至是迺請於公而得之甚慰也公名翱字習之中進士第元和間為史館修撰既以武功定海內當華激

事後高祖太宗舊制用文德興太平不然恐大功之後逸欲易生因條上正本六事憲宗不能用後遷禮部郎中面折宰相李逢吉過失移病去雅好推轂賢士韓文公嘗書與之云於賢者汲汲惟公與不材爾其後書以爲韓公雖好士惟其有文章兼附已者無所愛惜或不能然則不肯薦拔與已不同又嘗以書責裴晉公居相位道不行忍耻內愧不能引退其於師友及知已厚者骨鯁無諱忌如此則視逢吉輩何所憚而唐史乃言由不得顯仕怫鬱無所發面斥逢吉旣斥之又自懼而去其言抵捂非事實甚明昔人謂韓公於學莫知文章於德莫知好直而習之文行庶幾似焉則以韓謚名而韓李並稱可無愧矣參政公將刻梓以廣其傳於學者故訪竊著其爲人大畧且非排史氏之妄以明歐陽公爲知言云

讀貨殖傳

貨殖傳當與平準書參看平準書是譏人臣橫歛以佐人主之欲貨殖傳是譏人主好貨使四方皆變其舊俗趨利書首言漢興接秦之弊高祖重本抑末輕徭薄賦故文景之世國家無事百姓給足府庫充實人人自愛而重犯法後面序武帝事節節與前相反至贊論始推唐虞三代以來而擧戰國秦皇功利之禍爲證則武帝不能法祖宗之仁厚而蹈始皇之覆轍不待譏議而可見學者先讀此贊而後讀其書使先後相承則太史公之意瞭然矣若貨殖傳乃此書之注脚而未有察其意者蓋傳中所謂當世賢人則書中所斥不軌逐利之民也傳中所序陶朱公白圭輩妙於治生卽書中三人言利事析秋毫之比也傳言鄙人牧長窮鄉寡婦禮抗萬乘

[illegible]

名顯天下宣曲任氏以田畜高而人主重之即書中言卜式以家財助縣官天子尊顯之以風百姓意尤著矣蓋見始皇武帝皆以好大喜功國用不足而後眷眷於此等人也傳中歷舉四方百貨所出行賈所在甚詳即書中置大農諸官盡籠天下之利貴賣賤買所以天子無算之用皆出於此傳中言千乘之侯尚猶患貧即書中屢言秏賦竭縣官大空是也利所以深誚當世好貨之俗無貴賤也末言富國者必以奇勝而又歷數奸事惡業賤行辱處之能致富即書中所謂不益賦而天下用饒亦此類矣循此傳之意深陋爲天下國家者不當下行商賈之事蓋是當時親覩言利之人誤國害民如封禪書中所謂究觀方士祠官之意云者故言之深切至

此後人但謂子長陷於刑法無財可贖故發憤作貨殖傳豈爲知太史哉雖然遷之言亦激矣予獨謂其書明白諄複如是千百年來讀者猶未能深悉其意況夫六蓺之古遠淵奥而傳注家自謂盡得經旨可乎

讀鄭虔傳

徐一夔

按鄭虔傳鄭相如告虔曰天寶十三年逆臣替亂當汙僞官願守忠節相如言時開元三十年也及安禄山反虔果陷賊中禄山署虔水部郎中虔念其言稱疾求攝市令事平議罪虔得減死論貶台州司戸夫爲臣死忠理之常也虔以相如豫告故不受僞署不然則受之邪讖緯之學聖賢所不道宋景文撰唐書叙事嚴簡而況及符讖雜説非以爲訓也以著虔之不知自守爾覧者無惑焉

書宋學士所書陳思禮孝事後

予讀學士宋公所書陳思禮孝事未嘗不嘆思禮至行人所不能及者陳氏四明儒家思禮甫七歲其父不幸蚤世母夫人石氏誓不他天以鞠育之夫人又以思禮陳氏獨子敎之甚嚴思禮亦克承母志力學唯謹暨弱冠石夫人與之議婚已而夫人歿思禮創鉅痛深奮欲隨母死賴親戚朋友力慰解之乃止年二十四親戚朋友勸之娶思禮掩耳不荅衆迫之曰娶妻以爲養也吾親既殁何以娶爲親戚朋友据義責之不得已從之及期合巹危坐誦蓼莪之篇凡七晝夜不輟哀動人人嗚呼遠則易忘人之常情也思禮不忘其親如是可謂至矣人有恒言孝衰於妻子以思禮觀之豈其然哉思禮又嘗作堂爲時饗之所顏曰如在及以貢至京師入太學

爲上舍生宋公及御史中丞劉公鄂省參政陶公凡朝之大夫士咸愛重之爲歌詠論著甚悉予因擴學士所書孝事有合於近古所謂卓行君子所爲者表而出之云

歐陽公書王彦章事

古人爲文非徒然也蓋必有爲而作宋至慶曆蓋已四十年不用兵矣一旦趙元昊叛兵聚西陲歷四五年而攻守之計不決歐陽公獨持用奇取勝之議朝廷不以爲然而邊將多失機會公以梁將王彦章之善於用奇也故於其事獨惓惓焉彦章姓王氏鄆州壽張人號王鐵槍事梁至宣義軍節度使梁晉交争河上之戰凡數百合彦章戰輒勝至於德勝之戰尤奇末帝時小人段凝用事已忌彦章功名唐兵攻兖州故與羸卒遂至於敗見執於唐死之歐陽公著五代史既列彦

蹤瀛幸於金陵見存者大人圖歐陽公集王太史所刻
識士于吉未昔時入段跋并書印清兵交究村之
偶題晉文辛可上文跋凡數百合府章敢耶柰宋德勝之
忠定事好王大節仲壽續入號王嚴詹事翠寶義事撰度
夫幾會公以平淮主奉章文善於用字也致於其事盟撤欲
不決于公獨持所許段勝不議朝廷不以淮其而息得乎勞
不用兵矣一旦趙元昊叛兵陝西陝西四五年而後守之詩
古人為文非苟然也蓋必有為而作宋宣獻而盖已四十年

歐陽公書王荊公帝書

合於近古所謂卓行君子所為者爰由此六記
夫子政愛重之如此讀其論著其意深于周濂學士所書孝事后
為上會淮宋公及御史中丞劉公潛公諸君攻陶公凡頓之大

禮文嘗作堂篇詩徵之所以謂四如在又以貢至京師入太學
可謂至矣人有恒言孝衰於妻子以思禮觀之豈其然哉思
哀動人人謂孝子遍則身志入文書禮遠不忘其親知是
之不得已從又及與鄰合舍死造謂諸篇凡士書故不戢
文曰要事以為教也吾親旣沒何以文學交親觀毅擇義貴
難之乃止年二十四親成用文詢文要通禮歸耳不合殺近
已而大人沒思體劉雖痛其容求慎乎守禮懶酸朋友力遍
其嚴思禮亦克承母志力學雖謹謹語通而天入與之議婚
入在內書不他天以職育文夫人文以思禮陳氏獨子孫文
不能及者陳氏四明儒家思禮甫七歲其父不幸家世冊夫
乎讀學士宋公所書陳思禮孝事未嘗不冀思禮至行入所

書宋學士所書陳思禮孝事後

華於死節傳而加感憤歎息其後在河北又得其家傳并畫像以家傳補舊史之畧以畫像損壞重加補緝且爲著畫像記至於德勝之戰傳既書之畫像記復申言之不厭於複其所以然蓋致其希慕不可及之意而警發當時用兵者之不尚奇也議者以謂古之良將多矣歐陽公何獨惓惓於彥章其意蓋不足於公也夫公不舉古之良將而獨舉彥章非謂古之良將不善用奇也蓋舉近則人易知所謂殷監不遠在夏后之世是也若謂彥章事梁爲亂賊之黨而以其死爲徒知食焉不避其難之爲義則尤大非且自古亂賊莫甚於漢之莽操梁雖倔起乘唐衰而取之視莽操尤當末減且楊雄嘗事莽矣荀彧嘗事操矣彥章起自卒伍素不知書尚得而斜之哉彥章之事梁政如舅以孽妾爲妻爲之婦者何敢不以爲姑乎苟其說行非特不知歐陽公之意有在且不知五季之世死節之臣爲不多見使彥章之忠義不曰于天下後世無以爲人臣勸因著于篇

題唐仲友補傳

朱右

於庠世故有詆人以理之所有君子或昧焉語曰不逆詐不億不信予讀唐仲友補傳而竊有感焉初仲友以乾道七年守台時朱熹提舉浙東常平仲友發粟賑飢抑姦拊弱掤中津浮梁以濟艱步民至今賴之末康陳亮以縱橫之術與仲友不相能然亦未嘗信程朱氏學也亮揆無以抑仲友乃設詭計若爲歆豔性學者朱子遂信之行部過其家乘間爲飛言中仲友高文虎爲通判復以舊怨傾之嫉惡之心君子爲多於是朱子力擯劾仲友至六上章　廷議終不决元修宋史

後人閲宋末十七朝仲政至于上章謙譲不允乃修宋史
言中仲政高文爲通判復以讀諫通人獻心者乃爲
諸許若爲數讜往學若未十淸言之一行部過其深表閒而
文不自能然亦未嘗信今未學也亮無以抑仲乃設
辭薄以濟漢以民至今賴之康陳亮以教猶之衎與仲
仲以宋書被燕之東常平仲文發粟以飢猶爲搞中
償行不信乎讀唐仲以補傳而諸賢咸恐不中以道士手
於傳攷有許入以理亡所有者干政味語曰不
關攷唐仲攷補傳
宋古

世無以爲人臣勸因著于篇
李公死節之臣澤不見于章之義不曰于天下後
以爲游乎尚其說行非特不知歐陽公之意有違且不知王

舜之伐崔重之事泥以故歷以發其爲之嘉者何哉不
書事矣所嘗書事以議漢章遂自守不知書尚書而
八年尋起雖唐晉漢而取之觀非特古亂世當有末流且揚雄
知命不能免其爲之大非且自古亂敗眞其臣於漢庭
夏后不世是也君之圖書事爲亂敗以其死爲徒
古人良有以夫周之害也盖以謂死節不遠在
其意盖不足於公也夫公不與古人良得而獨舉非讀
尚論之議者以謂古人良將以於文獨衞以事
所以然盖非其意而嘗何所以爲者不
記至於忠孝之書史中言之不感其
傳以家傳補之略以書可補且爲書立傳
事後之讀史者在可以攷其行事業書

謂仲友爲朱子所斥乃不載之簡策是或非朱子意歟春秋據事直書善惡自見今史官宋濂爲補此傳有旨哉

唐李泌傳贊

贊曰予觀唐人材出處從容有三代王佐器唯李泌陸贄而已泌自贊復兩京功成身去代宗再徵權臣間忌浮湛外任德宗以春宮之知委心聽用泌亦竭智盡忠展布政體謀慮計畫洞燭物情故治效聿著述其安馬燧取懷光桐李勉保韓滉單騎以來抱暉設伏以擒叛卒開三門運路屯關中荒田國用日充邊鎮攝伏其績章章可紀至於辨太子宂則曰天子以四海爲家宰相當豫帝贈白起則曰國將興聽於人帝言有命則曰君相造命不可言命其言又足徵者唐傳乃謂其隨時俯仰無足可稱取媚以求其位豈信史哉因采舊

聞參諸記録列著泌傳以表見之使善不沒實爲後世鑑若趣尚太清未免惑於隱怪亦其質之未純者與

跋宋平金露布文　梁寅

右平金露布文一通宋忠翊郎荆湖制置司𠫵官程君之所撰也夫宋之平金義舉也故爲露布者其理順其辭正而子孫寶藏之者足以爲忠義之勸或曰其時之士論以爲當金人之肆毒讐宜復也而不能復及與金和矣則讐不必復也而反欲復之是烏得爲義舉哉余以爲不然夫和非義也後反之則爲義矣且宋之安危不係於金之和不和元既興則與金和以拒元固危也不與和而勁元以滅之亦危也其危一也則寧徇於義故曰滅金義舉也程君名萬家饒之樂平寶藏是文者君之五世孫椿字元齡

湯仲謀握奇衍義跋

唐肅

右握奇衍義一卷大梁湯仲謀所作也八陣之説始於握奇而推衍於孔明今魚復壘石即風后法也但諸家所觧奇正之説不一或以天地風雲為正龍虎鳥蛇為奇或以八陣各有奇正或以八陣為正游兵為奇或以天地為旗風雲為旛龍虎鳥蛇為陣之別或以四正四奇為定陣而配八卦之位是皆未悟握奇之意者也湯君學傳而識明研究覃思得其古趣故撰為衍義以示同志大意以奇正相半不可以天地為合風雲龍虎鳥蛇為分而曰天衡地軸自可當八陣之半又曰孔明所衍果出握奇分乎其言皆引而不發愚嘗竊求其意孔明八陣正合握奇但握奇隊數與壘石不同握奇一隊當壘石二隊如天衡重列在握奇則八隊在壘石則十六隊地軸單列在握奇則六隊在壘石則十二隊以此而推曰天衡地衡曰風曰雲無不脗合則 孔明所推衍出於握奇必矣天地風雲隊數既總為六十四矣則龍虎鳥蛇果何在哉蓋天軸地衡定而不變此所以為正 也天地前衡變則為虎天地後衡變則為龍風變為蛇雲變為鳥此所以為奇也故陣勢雖八其實為四經曰四為正四為奇曰天有衡地有軸前後有衡風附於天雲附於地未言龍虎鳥蛇也即曰總為八陣及曰聽音望麾以出四奇乃曰天地之前衡為虎翼風為蛇蟠天地之後衡為飛龍雲為鳥翔則龍虎鳥蛇實出於天地風雲而非別有四陣也非定而不變者為正動而有變者為奇乎由是知湯君所謂天衡地軸自可當其半者意實在此持夫作者之自明耳若其疑孔明之推演則又曰以八數觀

術夫子書以自明耳若其變化則又推演則又曰八八變驗
合十由是知鴻書所謂天衡地軸自可當其半若夫實在此
風雲而非別有四陣也非定而不變者為正動而有變者為
奇然天地之後衝為飛龍雲為鳥翔則龍有虎實出於天地
陣及四曰騰蛇以出四奇乃曰天地之前衝後衝虎翔風為
後有衝風附於天雲附於地未言龍虎鳥蛇也前曰變為入
韓雖入其實為四經曰四為正四為奇曰天有衝地有軸前
地後衝變則為龍風變為蛇雲變為鳥此所以為奇故陣
天軸地衝定而不變此所以為正也天地前衝變為虎天
天地風雲隊數既為六十四矣則龍虎鳥蛇果何在哉蓋
衝地衝曰風曰雲無不有合則孔明所推衍出於握奇必矣
地軸單列在握奇則六隊在壘石則十二隊以此而推曰天

當壘石二隊知天衝重則在握奇則八隊在壘石則十六隊
意孔明八陣正合握奇四握奇隊數與壘石不同握奇一隊
曰孔明所衍果出握奇分乎其言皆引而不發惟當審求其
合風雲龍虎鳥蛇為八而曰天衝地軸自可當八陣之半又
古法故撰為衍義以示同志大意以奇正相半不可以天地為
是非未信握奇之意者也為畫四陣而識明衍究單忽得其
龍虎鳥蛇為陣之別或以四正四奇為定陣而配八卦之位
有奇正或以八陣為正游兵為奇或以天地為旗風雲為旛
以後下一或以天地風雲為正龍虎鳥蛇為奇或以八陣分
而推衍孔明今為復壘石即風后法也回諸家所辯者正
右握奇衍義一卷太平湯仲言所作也八陣之說始於握奇

湯仲言握奇衍義跋　　吳寬

之意亦出於捏奇亦明壘石卽風后法矣愚何幸因湯君是編而有進焉敢識此於卷末

跋山谷墨蹟

右黃文節公書韓昌黎桃源行一首盖崇寧六年十月筆也按公元年罷知太平州管勾洪州玉隆觀以嘗忤趙丞相挺之爲轉運判官陳舉承風旨劾公所作荊州承天觀塔記有幸災謗國意遂除名編管宜州三年由鄂過洞庭潭衡求桂三年五月始至貶所云十月十八日則公至宜州已半載明年九月公物故僅一載耳嗚呼公以六十之年横至貶斥郡守從而虺之至不容居闕城中其困苦至矣然觀其跋李資深書有云子城僦舍上雨傍風無所盖障人將不堪其憂余自念家本農桑使不從進士則田中廬舍亦當如是又何不

堪其憂邪公之樂天知命不以得失蔕芥于中者如此故能以文墨自娛而書法至老益臻其妙也宜州無佳筆公每以三錢市雞毛筆作字此紙亦果用鷄毛筆則公書之妙又不可及已公嘗自言元祐中與子瞻穆父飯寶梵僧舍作草書數紙子瞻賞之再三穆父無一言但云恐未見藏真眞蹟耳余心竊不平及至黔中得藏真自序諦視數日恍然自得落筆便覺超異然後知穆父之言不誣則公書法自黔中以後卽追蹤懷素不待至宜州也雖然公之所以名當時傳後世者夫豈止於書哉第因其書想其人有以繫百年之思耳

書唐李鄴侯傳後

謝肅

右唐李鄴侯傳二卷天台朱君伯賢之所脩也伯賢先君子約齋先生於元政漸弛將亂之際每令誦習鄴侯家傳此其

紹熙元年六月改元通判宣州召入翰林學士承旨兼太常事以其
右迪功郎新差充二州教授白來真文人所俑宜伯貢等以也
書錢年等謹識
臣未嘗上於書崇自其書行人有以崇直年之思其
印進深廣拔其不許至直州以公言則公書自令以後
命公稿不年之至鄂中得之無一言但云未見真自
數於子賀公曾自言元此中與十書楨公筆則公書作草書
同敘巳評手筆作字於此郭氏亦果用其妙也宜州無作之公以
三以文墨自娛而書夫命不以得失兼於中者如此能
遺其裏□公之樂夫不命下以得失兼於中者如此能

自余家本纂集後不敢復出則由中盧合亦當如是又何乎
深書有云予欲假合上而傍風與所盡韓入詩不獲其高安令
守從而隨公之至不容舊關城中其固苦至矣然觀其跋孝寬
年九月公所改一權一般耳號呼公以六十六年經至跋序都
三年五月始至如所云十月十八日則公至宜州已半載明
年公沒詩圖意遂序名編當宜州三年由鄂通洞庭潭衡京桂
公為轉運判宜陳梁乎風吉幼洪公所作荊州承天觀記有
錢公元年罷知太平州當幼洪王陛觀以嘗作碑永相挫
古黃文節公書輯昌黎葬溯行一首盡崇寧六年十月筆也
跋山谷墨蹟
謠而有進之取識此為卷末
人意亦出於擇者亦明墨石自廣石洪吳何幸因蒲高

心之所存爲何如然當世終不能用先生先生殁餘三十年板蕩極矣而君之袖簡猶存顧以其文漫誕間加筆削辭簡而義該使鄭侯輔唐中興勲業赫赫于目前者其以約齋之故也歟昔張魏公佐宋南渡猶諸葛忠武侯之相乎漢也盡瘁出師規復中原功雖不成而志則甚偉故其子敬夫爲脩武侯傳焉今君汲汲焉以鄭侯之家傳是脩則亦聞其風而興起者乎夫魏公行武侯之志者也約齋存鄭侯之心者也然鄭侯之出也天未厭唐諸將㓕忠故其復兩京也易武侯之出也漢運既去羣雄角力故其還舊都也難非其才智不相及之謂也或曰跡魏公之行事固似武侯矣以約齋而視鄭侯曾何勲業之可並稱邪曰噫是殆以隱顯而論夫士者也亦安知約齋非方隱之鄭侯鄭侯非已顯之約齋乎故欲

知約齋之心者觀於鄭侯之傳則得矣而二傳之脩皆以子而寓乎其父經世之心志焉豈徒然哉豈徒然哉

題宋仲珩歸省卷後　張孟兼

予友宋仲珩執文太史公之仲子也性敏學博自少工書法侍太史於京師會建奉天殿禁中有　詔徵書額時予備官儀曹郎以仲珩名聞俾謹書之而尚書楊公以進旣稱旨遂問其父子之賢已而仲珩被　勑草古詩若干首
上覽之稱譽有加焉
皇太子暨　晉王亦知仲珩之能書時出雜篇章令寫之於戲以仲珩之妙年擅當代書之名上徹
天聽玉音之所奬予其爲榮遇可謂千載一日猶祥麟威鳳出際盛時莫不爭先快覩榮名美爵祿見寵被于身蓋無疑

出際盛時享大平之年光被[illegible]朝恩命之寵至於士[illegible]

天語玉音之所與者其寵榮可謂十數一日[illegible]

璽書以中行之[illegible]

皇太子璽　晉王亦知中行之能書帖出雜書章令寫以進

上覽之稱譽有加焉

者遂聞其父子之賢已而中行殁　勅章古詩若干首

儀皆即以中行名聞俾謄書之而命書勅公以進賜御

侍太史於京師會遣奉天殿楔中有　詔御書附舉篇書

于文未仲珩新殁太史公以中行子也淮(?)陰(?)萬事自以三書法

題宋仲珩詩稿後　張益

而寓乎其父經世之心志焉豈徒然哉若後之觀者

知仲珩之心者莫如其父之傳則得矣而二事之傳猶以牢

也亦安知其非方寓人之所欲識者於乎已顯之亦寓乎齋乎哉

書集曾何勤業之可通稱耶曰實見游以隱顯而論夫士者

相及之謂也故曰游公之行事固以成顯矣以藏而相

之出也漢隨世之所書雖多以其顯讀者已難其求適不

然書隸之也出也天未顯諸書許所記其復所京也見其直凍

興近今千大一道之公行其人今之志者而已如蕭齋前蕭然之人心苟有

武侯傳高今者於詩言以新侯之家傳具偏則亦聞其風而

深出師表復中原功雖不成而志則其偉故其文其子孫夫其學情

存也然諸葛公佐宋漢[illegible]

而義[illegible]

祁[illegible]

之人所[illegible]

矣令仲珩奉太史公命歸省丘墓中朝士大夫咸賦詩送之前御史中丞劉公爲序其篇端予既賦詩復書此卷末與之識別睽幾鄉邦俊彥有見者尚當以仲珩而加勉哉

書清宴閣讌記後　蘇伯衡

洪武庚戌秋高麗國王遣其陪臣刑部侍郎金柱來朝獻柱頗知文墨折節從朝之名公遊間出此記以相示自言其八世祖緣所作也以其時考之實宋重和之七年時淵聖在御日久伻方宴安荒于盤樂賞讌宰輔蔡京王黼等于宣和殿而京作曲宴記流傳四方以爲盛美是以高麗聞而慕之淸宴有讌而緣爲之記也則知上行下效其捷如此況中國之爲君臣者以道德仁義化成天下表儀萬方則遐方之觀感慕效又當何如哉且蠻夷僻陋之邦而其文學侍從之臣紀事陳義之善有若緣者代之詞臣盡不能無愧焉而有宋文治之懿作養之盛人材之衆言語之工無內外遠近之間於此亦可以見矣是以錄之

題鄭宣撫墓誌後

伯衡竊聞公宣撫川陝節制諸將嚴甚吳璘而下每入謁必先庭叅然後入就坐一日璘除少保來謝語主閽吏欲講鈞敵之禮吏以白公公厲聲曰少保官雖高猶都統制耳倘變常禮是廢軍容少保若欲反則可取吾頭去庭叅之禮不可廢也璘皇恐聽命時諸將咸惕憚而陰忌之始見公擢自溫州通判不數年登禁近以資政殿大學士帥蜀意公秦檜之黨也雖忌而莫敢出聲後見公遇事輒與檜抗知非其黨也乃譖之檜言其有跋扈狀檜入其言諜于王晚晚以爲不若

乃諸公會言其有役宣宗將入其言議于王處順以爲不吉

業也雖見而莫敢出聲後見公過章與論抗執非其黨也

州過州不敢年其舉近以前致大變士節留意公養會之

變也辨皇號命詩論率故溫隆而除已之務見公權自溫

前禮是及軍容以保吉被反則可取吾頭去至原來之禮不可

獻之書受以白公公屬獎而以佯官離高縊詰乾制干尚變

充庭系衆後入從至一日屬條以將來論語主間更欲請詩

伯御製閒公宣諭川快禁帝諸將軍著奏輸而下并入語以

題宣廟御賜宣論寶鈔卷後

公聞於此亦可以見矣是以錄之

有宋文治之盛作者輩出入材之衆言語之工無所於讓況

大臣紀事輿表之文尤其善者歟爲一代之詞臣典不能興揚高而

之體製其數文言何嘗論旦寧表辭而懼之於而其文學辭幾

中國之爲者臣者以安危仁義治成天下後德之方則盛方

集之清宮有慷而像爲之記也則知上行下效其德如此況

宣知獻而守作御製記術傳曰方以爲政美德以言墨圖而

聖主御曰父指者宴安崇平靈樂學業宰輔來主講事于

言其人世祖鄰所作此以其詩書之實宋重者以士年帝治

制擬主所知文章訪節比賜以人公臨閣此詔以相示自

洪武來及收高麗圖王道其語臣前御詩問金玄亦

書宣宗皇帝御製記後 黎伯爾

論可集殘御所作序有見書宮殿以仲敬而不兇者

而御製是中丞劉公爲序其集于閣與詩篇洪恭未與之

美令中御書太史公命歸治丘書中劍士大夫歟賦詩述之

選一宗室有風力者往制之因薦趙德夫於是創四川總制財賦以命德夫德夫至坤維辟晁公武餘辦公事且屬其物色公陰事公武起乆廢又引公所遂使臣魏彦忠者相與盡力擠之遂興大獄而公竟謫封州以歿於戲正人之不能獨立從古則然豈獨公乎且公帥蜀八年欲加之罪何患無詞而況諸將忌之於外宰相銜之於內迎合伺於前後左右者又其仇人此固司馬温公所謂獨一黄葉之在風中也雖欲無危其可得乎偶觀墓誌文輒疏所傳聞于後以補其畧亦以見羣枉害正其勢蛇蟠蟻結牢不可破如此可畏也

跋陳子上書

於戲重其身愛其妻子不能忘其墳墓去其鄉里人之情也而至違鄉里捐墳墓棄妻子而置身於艱險之地則以所重者甚於身所愛者甚於妻子所不可忘者甚於墳墓所不可去者甚於鄉里也身非不重也而有重於身者焉妻子非不愛也而有愛於妻子者焉墳墓非能忘也而有不可忘於墳墓者焉鄉里非能去也而有不可去於鄉里者焉夫安得不舍彼而取此哉然非識輕重之人烏乎能之吾讀陳子上貽謝復元書未嘗不歎其於輕重也明於取舍也審而又悲其適丁斯時也使子上不丁乎斯時則固重其所重愛其所愛不忘其所不能忘不去其所不可去若尋常矣於戲子上何其不幸也耶子上余友也同薦于鄉同試于禮部後一再見于四明而遂永訣矣曩在京師從揭兵部伯防得其所著子上埋銘讀之而高其行而偉其志今讀此二書愈益信其行之高其志之偉雖去之二十年餘而生氣懔懔焉於戲子

亦高其志之偉雖吉父二十年餘而生屬辭敘事由言今進於
上還謝講之而高其行而偉其志今讀此二書愈益宣行
于四明而遂求其京師所從遊者其所詩所書于
其不幸也卽于上命交也同僚于卿同試于禮部後一再見
不宜其所不能言之不去其所可去者舉常以爲于上可愛
適丁斯時也後于上下于斯時則固重其所重交其所愛
謝復元書未嘗不數其於輕重也所以取舍也而又悲其
會波而取此故其所議輕重之人憂乎能之言講陳于上頗不
豪者言御史非能去也而行不可去亦鄉里者言夫安得不
變也而有變於義者多猶言之也而有不可言於其
者其處於鄉里也身非不重也而有重於身者言要于其不可
者其於身所愛者莫於其身所不可言者其於道豪所不可

而至于鄉里皆指文章于而其于鄉隱之地則以所重
於鐵重其身父其某于不能志其德墓去其鄉里入以濟也

跋陳于上書

亦以見章惇蔡京之害正其甚于瓘諸年不可欺此可畏也
欲盡宜其可得乎高蹈遠引文辭所傳歷千後以衛其害
者又其所入以固回車溫公所謂儀一道禁之在風中也雖
而況言諸材也于外乃于事相待久于內迎合且為後世者
言於有則于漢以十曰公部中國八年欲加之罪而向
乃擬文之彘興大獄而公竟諸十州以役于戲正入之不能
雖公所書公元紀文一公所使臣豈于者相與
則以命夫申雅辭見公於公事豐其
謂一宗皇有周力者上年一入國

上眞賢乎哉於用也俾子敬趙時敏唐元嘉皆子上同年進士也彼惟重所重而不重其所不可不重愛所愛而不愛其所不可不愛不忘所不能忘而忘其所不可忘不去所不能去而去其所不可去卒之身首異處妻子戮辱墳墓無主而爲鄉里羞然則子上之不幸固未若彼四人之不幸也子上雖客死山東然喪葬以禮墳墓妻子皆無恙而鄉里與有榮耀然則子上豈眞不幸也邪甚矣輕重之當明而取舍之當審也雖然向微復元子上安能決去而其墳墓妻子亦安能保全是故子上之遂其去志而墳墓妻子之獲保無他虞者以復元能委曲調護之也於戲復元眞子上友哉復元亦賢乎哉

跋眉庵記後　高啓

右嘉陵楊君眉庵記謂眉無用於人之身故取以自號夫女之美者衆嫉其蛾眉士之賢者人羨其眉宇而不及口鼻耳目則眉豈輕於衆體哉蓋衆體皆有用眉安於其上雖無有爲之事而實瞻望之所趨焉其有類乎君子者矣世方以僕僕爲忠察察爲智安重而爲國之望者則以爲無用楊君亦有感於是歟讀之爲之大息

題王氏述訓後　方希古

師弟子之教不立世之學者一變而爲陳相再變而爲逢蒙由蒙而變不至於羿之爲不止也其漸豈不可畏哉予過梁宋間觀河濟之俗可駭焉至汜水見河南按察僉事王侯復道所爲述訓歷紀成童時所從之師以致不忘之意其情辭忠厚有足感人者嗚呼薄夫惡乎覩乎此其尚知所愧恥而

也軍有戾氣人者許[illegible][illegible]薄夫[illegible]于[illegible]中此其尚[illegible]所[illegible]取而
道所[illegible][illegible][illegible][illegible]成[illegible]者所從之身以[illegible]不[illegible]人[illegible]直[illegible]辭
未聞[illegible][illegible]之徐可[illegible][illegible]至己水[illegible][illegible][illegible][illegible][illegible][illegible][illegible]王[illegible][illegible]
也蒙[illegible][illegible]不至於其之[illegible]不[illegible]其[illegible][illegible][illegible][illegible][illegible][illegible][illegible]
師[illegible]子之[illegible]大[illegible]正[illegible]之學者一[illegible][illegible][illegible][illegible][illegible][illegible][illegible]
題王[illegible][illegible][illegible][illegible]後　　　　方希古
吉[illegible][illegible]大[illegible][illegible][illegible][illegible]之[illegible]文大息
[illegible][illegible][illegible][illegible][illegible][illegible][illegible][illegible]重而為國之[illegible][illegible][illegible][illegible][illegible]用[illegible][illegible][illegible]亦
[illegible]之[illegible][illegible][illegible][illegible]至之所[illegible][illegible]其[illegible][illegible][illegible][illegible][illegible]大[illegible][illegible][illegible]
[illegible][illegible][illegible][illegible][illegible]體故盡[illegible]體[illegible][illegible][illegible][illegible][illegible][illegible][illegible]其上[illegible][illegible][illegible]
[illegible][illegible][illegible][illegible][illegible][illegible]士之[illegible][illegible]人[illegible][illegible][illegible]于而[illegible][illegible][illegible]真[illegible]
[illegible][illegible][illegible][illegible][illegible][illegible][illegible][illegible]用於人之身故取以[illegible][illegible][illegible]

皇明文衡卷之四十六　十二

讀西齋記後　　　　高啓
以[illegible]後[illegible][illegible][illegible][illegible]之[illegible][illegible][illegible][illegible][illegible]十上文[illegible][illegible][illegible][illegible]
保全[illegible][illegible]十上之[illegible][illegible][illegible][illegible][illegible][illegible][illegible][illegible][illegible][illegible][illegible][illegible]
[illegible][illegible][illegible][illegible][illegible][illegible]十[illegible][illegible][illegible][illegible]其[illegible][illegible][illegible][illegible][illegible][illegible]
[illegible][illegible][illegible]十上[illegible][illegible][illegible][illegible][illegible][illegible][illegible][illegible][illegible][illegible][illegible][illegible][illegible]
[illegible][illegible][illegible]山[illegible][illegible][illegible][illegible][illegible][illegible][illegible][illegible][illegible][illegible][illegible][illegible][illegible]
[illegible][illegible][illegible][illegible][illegible]十[illegible][illegible][illegible][illegible][illegible]四入之不幸也[illegible]上
去而未[illegible][illegible]所[illegible][illegible]者[illegible][illegible][illegible][illegible][illegible][illegible][illegible][illegible][illegible][illegible]
所不可[illegible][illegible][illegible][illegible][illegible]其所[illegible][illegible][illegible][illegible][illegible][illegible]
[illegible][illegible][illegible][illegible][illegible][illegible][illegible][illegible][illegible][illegible][illegible][illegible][illegible][illegible][illegible]
[illegible][illegible][illegible][illegible][illegible][illegible][illegible][illegible][illegible][illegible][illegible][illegible][illegible][illegible]

感慕也哉

皇明文衡卷之四十六

皇明文衡卷之四十六

錫山秦氏校

題跋

題王維畫輞川圖　　王叔英

右王維輞川圖僊居盧氏之家藏也間以求題於余余不知畫固不敢妄論然世自有識者亦不假於予言若維之事則有可言者維號文學之士其於出處之節君臣之義固嘗聞之矣當玄宗之季非可仕之時亦非難隱之日而維官爲給事中又無一言一事禆益當世顧獨以能詩畫稱則末矣及祿山之亂陷於賊中又不能死則其罪益大有不容誅矣夫君子之出處內以視其久之可否外以視其時之治亂而進退行藏之機決焉如維者其才既如彼其下其時又如彼其汙哳糅漁樵以自給可耳而乃挾技能之末叨爵位之榮是

又不可徒以昧出處言之矣使其不遭寇亂汙節未彰君子蓋亦有不道者況至此哉故余觀是圖而於維深有感焉嗚乎使維終始於輞川徙專藝之功以求道移進取之力以自修縱無補於時又豈不足以善其身哉然則觀斯圖者亦可以有所懲矣

書九歌圖後　　貝瓊

右九歌圖淮南張叔厚所作以贈番易周克復者越二十年而神氣益新其一冠服手板見三素雲中二史左右掖之而從以玉女一擧旄一執箑東皇太乙也其次冠服如太乙有牛首人身者執大纛飛揚晻藹自空而降旁一姬執杖者雲中君也美而后飾飄颻若驚鴻欲翔而衡波相蕩石上江竹班班者湘君其後風裳月珮貌甚閒雅儼乎若思者湘夫人

蹤亦消息其後風葉月滿殘眞闌灑若思者湘夫人
中君也美而宓妃飄颻若驚鴻而遊波相為左右江竹
于首人身者妙大書雅揚神女自空而降來一驅諸樹清雲
從以玉女一舉其一詫漢東皇太乙也其大冠服如太乙者
而神氣益圖斯并一冠服手執長三事寫中三史左右披之而
右九歌圖非南宋所作以體書爲周宏以書幼二十年

書九歌圖後　周寅

以有所徵矣
惟辭無補於辭又豈不成以書其身者於門萬斯圖者亦可
手便雖然始於輞川從事集之的以木不遺稱連取之力以自
蓋亦有不適者況至此者故合觀其圖而於稱深有感焉志嗚
又不可復以解出處言之矣復其下不覺遺節說汗未章若手

汗興遊無以自給可耳而乃救故能之未嘗宜立之業是
退行藏之機文者見其雖者其大成如微其下其料又如微其
皆于山之出處內以觀其之可否身以觀其轉之治亂而逆
稱山之亂指於敗中又不能死則其罪以益大有不容誅矣夫文
辜中又無一言一事稱全書世稱獨以能詩許之不稱則未宜爲給
之矣富貴奇以一事非可以才特方非雖後之白而雖宜爲
有可言者雖然文學之士其於出處之節言固宜與同所聞
豈固不敢妄論於世有識者亦不假於予言若獨之事則
右王維輞川圖傳於世凡六家其繪也而以求題於余余不知

題王維畫輞川圖　王叔英

題跋

也一叟髯而杖左執卷二從者俱稚而異飾大司命也秀而豐下冠服甚偉執蓋者猛士擁劍者虛子一翁舒卷旁趍少司命也褁甲執弓矢眥裂鬚張欲仰射者東君也一乘白黿水中者河伯而山石如積鐵大松偃蹇皮皆皴裂成鱗甲一袒裸騎虎行者山鬼也甲而執刀者一甲而執矛者一先後出亂山林木間慘無人色者國殤也叔厚博學而多藝尤工寫人物咸稱李龍眠後一人而已巨家右族以厚直購之是圖凡二十一人有貴而尊嚴者有魁梧奇偉者有枯槁憔悴者有綽約如神仙者有詭恠可怖者有創而墨者旁見側出各極其妙予在三吳時所見凡二此蓋其晚年筆也克復既寶之不翅金玉而先左丞王雪坡翁又以大篆書九歌之辭于各圖之後可謂二絕已間持以過予求志其左方按荆楚

在中國南其俗好鬼自東皇太乙而下則皆所事之神莫詳厥始然太乙爲天之貴神司命爲上台與北斗第四星文昌禮有不可槩者而東君爲朝日之義亦豈閭巷所得而僭乎雲中君者恐以其澤名雲故指澤中之神爲君謂之雲神以附漢志未知是否而河伯又非在楚之封內如湘君湘夫人也蠻夷荒遠之域民神雜揉私創其號以囿上下者亦或有之而歲時祀之必用巫作樂其來尚矣屈原九歌因其舊而定之比興之間致意深矣又豈惑於荒唐如人人之徼福哉其見之山鬼者辭雖甚迫至大司命一篇卒曰固人命兮有當孰離合兮可爲信所謂順受其正者君子深取焉顧說者未之能察朱子爲辯之千載之下志亦白矣余之寓於九峯三泖也壹鬱無聊命酒獨酌輒歌以泄其憤今叔厚又郎其

三卯也言禹與所命西國歟以進其質令敘寫文即其
未之能察於千載之下古亦白矣令之寓於九章
當郭璞令可爲信所謂順安其正者于宋取言讀書
冀見之山見者謂雖甚迺主大司命一篇辛四人命微福有
宜之比與之間致善深矣又言敦穆吉如人以人微論鼓
之而爲時所遠之以周運作樂其來尚矣巫原上因其讀而有
也遂裹荒遠之域民神雜揉於當其時以圖上下古方致人
附冀古未知是否而河伯以非在從之封內如相者相夫入以
雲中君未必以其澤名雲故指中大神爲宅謂之雲神以
遣有不可爲者而東君爲朝日之義于言閶闔所得而諸乎
服始於太乙爲天之貴神司命爲上台與北斗第四星文昌
在中國南其俗好鬼自東皇太乙而下則皆所事之神莫詳

于各圖之後可謂二篇已闕詩以適于求其方撰
賓之不避合王而三矣永王雲凡二以敘論又以大篆書九歌文辭
各極其妙于如神仙者未見其可而後圖也蓋其創而畢事見側出
書有凡二十一人者貴而圖之爲者有捫律者古者濁滿序
圖凡二十人有貴之後一人而巳甘家而後以亭直騰文是
爲入物咸稱李靜修撰入色書圖是又厚亦博而多書大工
出亂山林木間者上思也中有而乾乃者一甲而執于客一先後
神秉中者河伯而山石如精鎮大挾優而古殺放鑿甲一
司命也袁甲執弓矢背梁康欲仰掛者東言也一東白鑾
豐下冠服甚偉盡者獨士擁劍者于一翁奇者秀趣
也一曳諸而文左執右二從者侶推而此飾大司命也諸而

辭以求其象使玩其象以求其心豈徒效馬和之輩之於詩哉且懼不能不朽磨滅於既久而文則傳之天下後世得考其彷彿也故書以志之觀者又可弄其象而忘之云洪武九年歲在丙辰夏五月檇李貝瓊序繫之以歌曰

紫宮太乙中煌煌佐以五帝環其旁道存無爲樂且康豐隆儵忽周八荒鬼搴大纛蛟螭黄上台司命中文昌斟酌元氣調陰陽福我以德淫必殃下招帝子隔瀟湘蒼梧九點山蒼蒼跧烏三足升扶桑天門洞開夜巳明神人瞠目鬚髯張長弓白羽射天狼水靈胡爲宅龍堂九河既阻不可方黿鼉出沒波湯湯山中之人白日藏天陰雨濕啼幽篁兜鍪戰士身盡創魂魄欲歸道路長吹簫擊鼓歌巫陽酌以桂酒陳椒漿神來不來何渺茫

書節婦施氏卷後

王景

嗚呼周之關雎德化至矣故野有死麕能以禮自防得于常也衛之流風靡矣而柏舟能以死自誓得于變也常固衆人之所能變非貞烈凜凜乎不可奪者不能也元之政亂政也妻毋內嫂彝倫斁天理滅甚于衛矣而會稽張婦施以二十五喪所天鞠三歲孤以節操自全其高風貞烈賢于柏舟多矣

天朝旌異之典行節婦有光于千古也宜哉

書蜀府贈前左春坊大學士董安常詩後

昔賈生嘗言于漢文帝曰廉耻節義以治君子僇辱不及大夫終漢之世節義成風下逮唐宋臣下有辠止于貶斥覃恩賜宥必量移內地豈徒然哉如天之德均被枯朽故也

關於公量必之於世書法乘故將天之文象以察古者效也
天文之業人世而能義以成顧下連寓未居下有章上干使于聖心
者實其書言于漢文帝曰庶幾見以前漾必治體千萬年下及大
書御府鐘鼎古器物大學士臺安有光者後
天明淹興人典行圖籍有光千年古已治安
矣
臣聞于天之道三才以前探頤今其言日月星辰之體于經者天
業在甲文變典論象天理故其于謝天而會合推之造以一十
文所說變其真可象數十不可事者不能知元以政亂政也
也衛天流而深文而有并能以死自慧于變化為固家人
民乎周之聞推流至天故野有死靈所以讀自而而于導
書御府法說奉敕 王[illegible]

神來大來何過流
畫會現望欲歸道路寘以蕭然以觀其正陽以正遍陳東其牧
以演湯山中之入白日藏天倉雨溫諸遷章幾禁十見
已自利天非水際陽宮章九河既可不可方論書出
倉歷息三足井林桑天門同闢政已明神入躔日進雷牽眾
謂律陽而政以為重以決下指帝手而蕭祖會符九野山落
僕以周八并亮事大囊以盛道上台司命中文昌宮元說
紫宮太乙中垣并以五帝屏直道陰為象旦東豐隆
九年歲在而東直五月積李夏乘時以敷政以見已
書其於佛也故書以志大體者可并其象而后人行洪政
故且禮不能不得而萬形成天於文則推以天下後行禪
備以求其象演之主其象以求其心堂行政者之人天子之符

皇上德竝天地旁招英俊聚于　京師爵之以官任之以政以闡文風以濟元元以幸天下三十年于茲矣然沾濡德澤終始垂眷未有前左春坊大學士董安常先生若也先生以其甲子召入　禁闥歷中外所言無一不愜

上心者前年坐免典教滇南

東宮憐而老之賜以白金若干鎰

皇上　東宮之所以待先生者即賈生所謂節義廉恥以治君子者也先生涉淮海汴驅馳梁雍之郊以達于蜀

蜀府親王深寵之留連彌月恩禮有加賦詩八章以道行至滇凡作養成就以夏變夷漸之摩之育之煦之皆出于仁義道德故雖蠻童夷竪皆知向方明年景彰至滇與觀教章伏讀再三感歎無已蓋先生之器宇表于　朝廷之上而

親王之文藻麗于殊方之外鸞翥蛟拏珠明玉瑩豈世儒未學彷彿其萬一哉嗟夫士大夫當流離顛沛之餘遭

皇上寬仁之政孰不思奮身捐軀以自湔雪然卒未能者去天萬里自新之恍無繇瀝也若先生者　聖眷日隆中外屬望又豈特量移内地之比羽儀　天朝行有日矣采兆困敦日南至王景彰跋

讀李斯書　王達

君子之言難入小人之言易從蓋正者必拂其心邪者必順其欲順其欲烏得而弗喜拂其心烏得而弗怒此君子小人之言所以異也吾嘗讀李斯上秦皇逐客書而有感焉夫秦皇之爲人可謂虎視四海者矣李斯數語而秦皇終不敢逐客者何也此斯之所以能順其欲也先誇人君得客之福如

此失客之患如此所以啓之也然後以富貴珍寳炫其志音樂婦女鼓其惑所以陷之也當此之際秦皇逐客之疑已去八九矣李斯至此當如何哉則將有以懼之焉故曰今逐客以資敵國損民以益仇內自虛而外樹怨於諸侯求國無危不可得也嗚呼斯之術至此盡矣秦皇之心至此懼矣斯雖欲去秦皇有所不容其去者矣先啓之以重其聽後陷之以滌其疑終懼之以堅其志此斯所以能順其欲也嗚呼邪言易入於人者如此惠王好利孟子以仁義對之宜乎不能入也嗚呼

跋戴元禮仁義卷

董綸

洪武三十一年夏五月

太祖高皇帝疾大漸二十四日庚午　輦出御右順門

召太醫院諸臣詰其治疾無狀　敕付獄正其罪復進御醫臣戴元禮至榻前慰勉曰汝有仁義無與汝事慎勿恐臣元禮頓首而退

帝即還內後十有六日遂崩

今上即位以

先帝之意拜臣元禮爲院使階奉議大夫今年　遼王來朝京師臣元禮告以故　王爲之歎息乃書仁義二大字以紀異恩昭明訓示子孫而俾臣綸識其事綸識惟仁義之德至矣易曰立人之道曰仁與義君臣非此則乖父子非此則悖兄弟非此則爭夫婦非此則睽朋友非此則絕事上不以此則功不成使下不以此則衆不附身以之而後脩家以之而後齊國與天下以之而平治寧輯不可俄而違離而去也君

後瀛國與天下以文而平治爲轄不可偏而謹嚴而光也哉
則功不成使下不以此則敗不叶身以文而治象以文而
見考其此則拜大論其此則服行方非此則能事上不以此則學
矣朝曰臣之道曰仕進義書理非此則其父子非此則學
實其然昭明之其子於其行中臣論論其事論謹推仁義之德臣
京師臣元謹告以故　王畜之衝息乃書于義二大字以紀
先帝之貴稱臣于禮為所濃讚美議大夫今年　遠王來朝
今上朗道以
年即畫內後十有六日遂崩
禱相有而遂
臣蘭于禮王臣前後題曰文有仁義樂安王道乃臣留之
召太醫院諸臣語其治疾無狀發付法司正其罪復命臣書

太祖高皇帝疾大漸二十四日庚午　葬上西有閣
洪武三十一年夏五月
跋蘇子瞻二詩卷　黃謙
昆論乎
其人之人者如此魏王許三王以仁義之於文宜乎不能人
循其殺以遵人以堅其志以則所以能循其故也嗚呼所言
從未豪皇有所不容其手者矣本隊人以事其艱後陷之以
下之嗚呼則於文作奎此畫素皇之心在此圖之所以鹽
以資歐國相以盜此內自虐而外樹之以諸兼示國典從
人乃新幸則至宦好同故則常有以攬之意故曰今參書
將補文其其所以盲之中當此以際素豈敢入發乃法
已矣寵人聽而此所以叢入也法之謹之寬之真其恪有

予所以汲汲以終身者全乎此而已衆人所以迷謬顛錯者以其昧乎此故也吉凶禍福之報寧

忠簡公翰墨記　胡廣

先忠簡公澹菴先生手書五通第一書與二十一姪學諭第二書無名中有叔此龍女之句亦與姪書也第三書後曰啓英彥姪前稱二十一學諭者以家譜考之即英彥也三書皆是與之即誠齋所謂好學刻深勵操清苦克肖先生者是也末書中曰羅生者公姊子羅尚志也常從公於貶所曰九弟昔當是俊臣也行八十九去八十而稱九也何以知其然公嘗有書與兄振文行五十八但稱曰八哥此為俊臣無疑矣第四書與七十四姪乃振文次子季劉也第五書首稱提刑監丞年兄者以家籍考之有與司經羅欽若通判方耕道寺丞陳剛中俱稱年兄欽若吉水人極博學誠齋請當時備碩問惟其可終於武岡守耕道名疇通守武岡有平寇功紹興戊午先公上書乞斬奸臣頭被譴後守李若樸言耕道與先公通書坐獄三百餘日幾死得免剛中坐以啓賀先公得貶差知安遠縣至數月而卒妻落髮爲尼以歸其喪觀三人始終未歷提刑此書非與之者三君子行事可稱而宋史不錄甚可歎也按先公登建炎二年進士第是科自李易而下凡四百五十人如王詹事龜齡與先公尤厚此稱提刑監丞年兄不可必其爲誰姑俟再考然公籍不載此帖而親筆存豈既書而未遞歟抑或有所遺歟廣家藏先公翰墨遺藁故多兵亂喪失殆盡尚存此數紙先人什襲藏之嘗僉憲廣西融州眞僊巖有先公封事藁碑刻先人打碑寄回宗族家置一

洲溟僭竊先公封事藁則先人行年四宗族系通鑑二
且亂既次治書向存此數紙先人所讀藏文書命富庶西亟故
既書而未嘗傳于世所藏書歸遺先公之學寓理故終
先不可必其能傳於後吾不敢此也而后世知之存豈
四百五十人知王高事通大體此指此節目而中存
言可數也及先公遺文一年進士第昇科自季也而下九
後未暇及刊此書非避之者三吾于行事可疑而未史人始安
是知文章之主數月而本學夫婦己以言以論其賢三人始
公通書先生操三百餘日後究學則中生以論其先公得
文平先公上書之斯奴臣誤後守辛若撰言事道湖先
問准其可於兩守神道名讀道守亦圖中平流攻將輿
法陳則中目稱年元欽若吉本人極傳學讓語當時賴

皇明文衡卷之四十　六　一

題本年元吉以家藏之本有文遺回題讀綱目為靜退守
集四書與七十四文行五十八人可謂此此有無錄矣
資府書題元振文行八十九年四十又五年合讀公
府當吳臣也行八公十九八向此何所以康所日九者也
來書中日臣主吾公十羅向吉志也撰有夫所日九者也
吳從文日謂族有讀行勢以家諸有云者以家言諸
宋元文諸二十一學論者以家詩者公其不可知
三書與各中有教此衛文八向井與書三說故四路
先德論公禮無先生年書五讀第一書與三十一文學為尊
忠賄入公論語記　胡儼

以其卑乎此故也古以論語入願寧
于所以及以身治者全乎此而已易人所以途讀道者

本未數十年俱已散失廣爲之懼今裝表此數書爲一卷朝夕觀覽如對先公也夫以先公忠義名節爭光日月萬世之所仰望豈子孫能爲之輕重公之翰墨至今猶新尚有生氣爲子孫者其可不敬乎昔阜陵嘗問公曰卿寫字宛如卿爲人公答曰臣幼習顏眞卿字今自成一家又曰朕前日侍太上於德壽宮閣上治疊書畫因得卿紹興戊午所上封書眞本太上與朕玩味久之喜卿辭意精切筆法老成英風義氣凜然飛動太上自藏之曰可爲後代式但其後爲秦檜之所批抹汙者朕啓太上令工逐行裁去裝褙於乎公之翰墨在當時人君敬愛之尚如此而況於子孫者乎公嘗有言昔司馬文正公不喜人寶其祖畫像但喜寶其祖之字蹟以爲字心畫也手法也見其字即見其人子之後能以文正公之心

爲心即賢矣誦斯言也則先公之欲後人之寶其翰墨後之子孫觀先公之翰墨者其以先公之心爲心寶之敬之毋違先公之訓也

書劉氏族譜後

劉完素字守眞河間人自號通玄處士初學醫遇異人飲以酒大醉及寤洞達醫術治療通變病者遇之無不立起人多師尊之所撰著有運氣要旨論精要宣明論素問玄機原病式行于世當時有名者如考城張從正皆宗其學故今言醫之善者則必曰劉張云吾邑劉日昇其父子兄弟皆能醫一守河間之法間出其譜系示予謂爲河間後於今不知幾世矣尤不失其家傳河間之澤遠乎哉余觀世之人有高明祖父振耀於前或未數世不能守其世業者有矣日昇之於河

父讀洛而改朱數世不能中其世業者古來自卑之於河
矣先不大夫其文傳可聞之澤遂古今謂世之人有高明祖
乎河間之法闡出其論於千子謂者可謂後於今不知幾世
公書者則文曰劉溪云吾邑劉日卑其父于弟兄詣音之書一
友行于世嘗時有合者知者城張從正者宗其學故今言醫
師卑之所謂諸者有運氣要吾論精方宜明論表問玄機原病
道大學文法洞達醫術治病通變病各通之入集不上從人多
劉完素守真河間人自號通玄處士學醫與人有以

書劉氏諸後

先公之訓也

下孫讒先公之像墨者其以先公之心為心質之鄉人而其遠
為心自質矣謂其言也則先公之於鄉人之鑑其德墨族公

之書遺手素也見其字即見其人子子之孫以文正公之心
書文正公不喜人嘗其理書像但喜其施于人守瑱以為字
室附入皆欲愛之尚如此而先於千孫者子公嘗有言曰
非林下者於各太上今正之遠行教太家精於千公之節墨所在
家於表動木上自藏之曰可為後代之文但其後為秦檜之所
本木上與朕元與父之字御辭意精切筆法先成英風義氣
上於德音宮閣上治書畫因得御書之題跋于所上材書真
入公答曰臣以台直御字今自成一家又曰朕而日諸本
為于孫者其可不敬乎吉阜成問公曰卿寫字如卿為
所以之堂于之後之輕重公之之朝語主今臨衍尚在主流
父諸公治計先公也夫以先公法兼各節非志曰月諸世之
本未數十年其已散失盡盡之遺今幾表此數書為一卷贈

間久而不失其可羨也夫其可感也夫因書此于後以歸之俾其後來者知所勉云

書文丞相傳後

廣集廬陵先賢傳恒疾宋史文丞相傳簡畧失實蓋後來史臣爲當時忌諱多所刪削又事間有抵牾鄉先生前遼陽儒學副提舉劉嶽申爲丞相傳比國史爲詳大要其去丞相未遠鄉邦遺老猶有存者得於見聞爲多又必參諸丞相年譜及指南錄諸編故事蹟覈實可徵故元元統初丞相之孫富旣以刻梓後復刊見嶽申文集近年樂平文學夏伯時亦以鋟板於是嶽申所撰丞相傳盛行於天下而史傳人蓋少見廣竊觀二傳詳畧不同不能無憾因參互考訂合而爲一中主嶽申之說爲多并取証於丞相文集芟其繁複正其訛舛

庶幾全備使人無惑論贊則並錄之國史之論擬諸人事而言嶽申之贊本乎天運而言各有發揚不可偏廢亦以見夫取舍之公也於乎丞相之大忠大節獨立萬古直與日月爭光天地悠久比之夷齊心則不殊而所爲反有難者昌黎韓子所謂特立獨行窮天地亘萬世而不顧者也丞相之云豈異於是噫丞相不可尚已其相從興義之士或出自小官或奮跡庶民雖當摧沮敗衂之餘皆甘心就死不肯屈辱殺之殆盡無一人肯降丞相忠義至誠感動固結於人心牢不可解有如此者使人皆賢則宋豈有亡理彼臨難苟生以饕富貴其視丞相厥卒尤有愧焉然則丞相固無待於贊論誦其詩讀其書自有以見之廣齠齔時猶及聞先輩言丞相遺事赫赫竦動人聽雖小夫婦人皆習聞而能道之比年以來老

成周謝而論者益稀雖士夫君子鮮聞盛事蓋漸遠漸踈其
勢然耳更後百年恐寖失實惟取信於列傳眩瞀與同莫適
是非故忘其淺陋輒復編次第皆因其舊文不敢妄加一筆
誠無能有所裨益特盡區區之愚耳知之者其必不以爲僭
也

恭題
仁廟御製詩後

楊士奇

永樂丁酉
太宗皇帝復巡狩北京
仁宗皇帝監國當時留侍監國之臣悉簡敦厚而恭慎者而
文臣之預密務者三人吏部尚書兼詹事蹇義翰林學士兼
諭德楊士奇翰林侍讀兼贊善梁潛

仁廟好文重士樂善有誠時節宴饗臣僚　賜詩獎諭而三
人者所得爲多右二詩前　賜臣士奇臣潛凡書二紙悉識
以
東宮圖書而分賜之蓋同侍宴也後詩亦識圖書而專
賜潛其詩一書侍讀一書贊善者從畧而互見也觀於此詩
則知
上之所以重潛潛之所以事
上交得其道矣明年潛卒時無强壯子弟在側所得獎諭詩
文好事者知其爲寶率持去其子黎能記憶二詩比求善書
者錄爲卷以臣士奇　先朝舊人且其父同寮也求識之臣
侍
仁廟監國最久仰窺　聖志蓋未嘗一日不在　君父不在
生民不在求道而咨賢也仁明之德從古鮮儷焉潛卒後七

年　宮車上賓想見明良神靈感會今侍　寵御於三光之表而臣衰病餘息徒抱烏號而永慟獲覩此卷拜稽三復老淚横流謹識歲月如左

胡忠簡公封事藁

右吾郡宋胡忠簡公封事藁有周文忠公楊文節公題跋在後忠簡孫搢刻于融州眞僊巖劉長吾得之以惠余者忠簡筆法出顔魯公蓋忠義之性有相契矣揭文安公謂此書本左司郎中豐城范璿舜文所爲將奏之以示忠簡忠簡曰書奏郎不免南遷子有老母不可以累母吾以奏之遂有新州之命余近於兩府檢志書見豐水志載范璿事云爲戶部檢詳時欲與胡銓相繼論奏和議胡首抗章范實從臾之胡之逐又贐其行未嘗云此書范所爲也豐水志作於宋南渡後

當得實不知文安何自而云然也然文安云廬陵胡氏楊氏皆國家之元氣故以所作楊氏忠節祠記附此帖之後

題宋歐陽澈諫告身後

宋陳東歐陽澈皆以忠言見殺高宗朝後高宗悔之此誥其褒恤之命也蓋初爲小人所蔽追悔之詞雖切無及然覆轍尚可以戒後而無幾胡銓韓紃言和議何允言馬伸存趙之功梁勛言金兵必至宜有備皆遠竄雖不死死等耳惡睹其克戒也哉嗚呼爲國之患莫大於殺忠言爲臣之禍莫慘於以忠言見殺此誥至今三百九十年矣雖傳之千載不能使人讀之不興慟也

通鑑續編

右通鑑續編二十四卷六册四明陳桱子經著刻板今在蘇

宋通鑑續編二十四卷元四明陳桱子經著成今存續

通鑑續編

人言人不與曷由也

必先言見於古語至今三百九十年矣續傳以千載不能徒

章義也哉嗚呼為國之事莫大於史言為臣子之職莫大於於

以來聞言全兵之至實有備者讀實錄不死所守其官者其

尚可以救後而無論轉輔言而議何况言為道守其道乎

賢者令此盡如焉一人所敢過於人者難以辨及其實錄

宋陳東歐陽澈皆以言見殺高宗朝後高宗悔之此詩其

題宋歐陽澈諫書後

宜國家入元所敷之所作謝氏之體而已非其位之於

當時會十餘文女國自而言之我者文為三書家所以鼓吹

送文顯其行未嘗云此書所以紀實本古作者之未而嘆養

詩辭欲與謝縶相論論議者曰讓何為何抗言讓從史天入胡

文命令近於所以論志書見豐本志所載其事與言為可部諸令

義即不安南者于有者其毋不可以畢吾以表天達有許洲

宏曰郎中豐成考於文所為識表之以示吾酒叔曰書

筆述出頒書公之議義文惟有相其表大論文以求公謂此書本

後以簡余指到以十歸洲真實遺書嘗吾盡言以歸余善之簡

布吾即宋不明白簡公生事書有周文忠公揭太尉公覽成在

胡忠簡公封事書後

宋紹興和議成胡公左

表而西秦檜絲負其首虎臣承讓竭此本獲拜讀者三道若

年 當時上竟用檜見其神書感會今年 讀卷於此三四十年

州府學起盤古至高辛爲第一卷契丹事在唐及五代者爲第二卷後二十二卷則宋三百二十年事也孔子曰吾猶及史之闕文學者於前事據其所可知其所不可知闕之可也羲農以前邈哉邈矣非有文字之紀也其事間見於百氏所記者要多以意言之耳而必掇拾以補前史之闕亦異乎孔子之意哉昔劉恕作通鑑外紀避經而專采百氏之說金履祥謂其野而難質故作通鑑前編不復避經經書爲之舉要固主履祥之說矣而復著此卷何耶宋史於今少見全書學者於此編可以考見一代之得失嘗聞吾郡劉倩玉亦著此書未板行往年會其孫公潛云留在永豐今不知其何如也

跋四十二章經

佛家初入中國獨有四十二章經觀其以生中國爲難彼固

歆慕乎此矣而此之人樂其說者往往願生西方何也

題崇恩堂卷後　　　楊榮

堯舜禹湯文武之道著於治者蓋一時之盛耳孔子以六經之道爲教而萬世之治賴焉故大賢謂孔子賢於堯舜豈虛語哉由是歷代以來隆其謚爵通天下而祀之可謂盛矣然不特此也又世封其後以崇德象賢其榮名厚祿可謂與天地相爲無窮者歟我

朝當文運亨嘉之會六經之道大明而於衍聖公尤爲眷厚其祿秩二品世襲爵邑雖仍前代之舊而褒崇禮遇可謂超越前代矣

太宗文皇帝嘗躬詣太學行釋菜禮而

仁宗昭皇帝即位衍聖公孔彥縉來朝撫勞賜予情文兩致

仁宗昭皇帝即位之初行聖人之教以孔孟之論取朝廷樂陽年書文丙戌

太宗文皇帝嘗語侍臣曰大學之行聖學之書而

親爲序之矣

其論林二氏世儒語錄乃萬言之旨而東宗可語治

朝書文譬之會六經之道大明而於行實之行書

也相爲與聖者與之

不特此也又世封其後以崇奉之舊而東宗四海可謂

詔故由是教而以來之道更盛而天下而記之可謂盛矣

以道爲教而萬世之合經書諸大賢之書亦於禮樂

考爭焉爲文而之道者於治者盡一時之道兩耳孔子以六經

顯崇聖學者後

之學至此矣而此之人樂其前者以注疏之書西方佛

佛法入中國有四十二章經與其以注中國之書者

國四十二章經

書義於行注其會公僧之道於世嘗今不知其可知此

者以此編之可以得見一代之得失而之史者謂之書比

國主編之以好美而書會有所史於今也見全書

評論其好而許資質作通鑑外紀而不復後漢經書之義

子之會故有劉知幾作通鑑外紀通經而序當之論

記者要多以意言之耳而必欲以補前史之闕亦異乎所

秦漢以前遺故之文非有文字之紀也其書可見於百所

史之闕文學者於前書據其所不可知其關之可也

舊三卷後三十二卷則宋三百三十年之事也孔子曰吾猶及

州府學注通古至高宗紀一卷又採集晉在唐史五代者為

縉禮多儀具著爲令彥縉躬膺眷遇以謂褒崇之盛莫踰於
今日乃作堂於其家而扁曰崇恩
魯王殿下親書大字以賜之金薤雲章照耀闕里何其盛哉
夫孔子之道生民至今永賴凡冠章甫衣逢掖者皆知尊尚
而敬仰之而況其子孫乎況
帝王於先師之僃乎昔唐肅宗東巡至魯親祀孔廟作六代
之樂大會孔氏子孫謂孔僖曰今日之會於卿族榮乎僖對
曰自古明王聖主莫不尊師重道今親屈萬乘辱臨敝里此乃
崇禮先師增輝聖德非臣家之私榮也肅宗喜曰非聖人子
孫焉有斯言然則彥縉之所以名堂者其亦若僖之知所本乎興
時寘諸金匱以傳萬世其爲
仁廟聖德增輝豈小也哉予故樂爲書之以系乎諸作之後

皇明文衡卷之四十七

皇明文衡卷之四十七

仁廟聖德[illegible]小[illegible]于[illegible]樂而喜[illegible]以[illegible]作之德

[illegible]金[illegible]以[illegible]萬[illegible]其[illegible]

[illegible]人所以[illegible]與

[illegible]國家之[illegible]曰非聖人于

曰古明王[illegible]

之樂大會孔[illegible]曰今曰人會[illegible]

帝王於[illegible]作六代

而欲仰之而況其子孫乎況

夫孔子之道[illegible]至今[illegible]

[illegible]王[illegible]下[illegible]大字以賜天[illegible]

今曰乃作堂[illegible]其[illegible]而[illegible]曰[illegible]

[illegible]之儀[illegible]今[illegible]以[illegible]